을유세계문학전집 · 122

그림의 이면

그림의 이면

ข้างหลังภาพ

씨부라파 지음 · 신근혜 옮김

❖ 을유문화사

옮긴이 신근혜

한국외국어대학교 태국어과에서 학사 및 석사를 졸업하고 태국 국립 쭐라롱껀대학교에서 비교문학 석사 학위를 받았다. 이후 한국외국어대학교에서 비교문학 박사 학위를 취득했다. 현재 한국외국어대학교 태국어과 교수로 재직 중이다. 태국어과 학과장 및 대학원 인도아세안어문번역학과/비교문학과 주임교수를 역임했으며, 한국외국어대학교 동남아연구소장으로 재임 중이다. 한국태국학회 부회장 및 한국비교문학회 국제이사로도 활동하고 있다. 역서로는 『Ditto(동감)』, 『베트남 전쟁과 태국군』(공역) 등이 있다.

을유세계문학전집 122
그림의 이면

발행일·2022년 9월 30일 초판 1쇄
지은이·씨부라파│옮긴이·신근혜
펴낸이·정무영, 정상준│펴낸곳·(주)을유문화사
창립일·1945년 12월 1일│주소·서울시 마포구 서교동 469-48
전화·02-733-8153│FAX·02-732-9154│홈페이지·www.eulyoo.co.kr
ISBN 978-89-324-0515-5 04830   978-89-324-0330-4(세트)

차례

서장

내가 그 그림을 가져와 서재에 걸어 둔 지 3일이 지나고서야 쁘리가 알아차렸다. 그녀는 그다지 들뜬 기색 없이 잠시 멈춰 서서 그림을 유심히 보더니 내 쪽으로 돌아서서 "이건 어디 그림이에요? 미타케?"라고 물었다.

나는 조금 움찔했는데, 쁘리는 미처 알아채지 못했다.

"도쿄 외곽에 경치가 아름다운 곳 중 한 곳이오. 도쿄 사람들이 일요일에 자주 그곳에 시간을 보내러 가지."

"아, 당신이 도쿄에서 사 온 거예요?"

나는 고개를 숙여 내 손에 들린 책을 보았다. 쁘리가 방에 들어오기 전에 읽고 있던 책이었다.

"아니오, 내 친구가 그려 주었소."

나는 이때 튀어나온 목소리가 그다지 마음에 들지 않았다. 마치 무대 위에서 조심스럽게 말하는 배우의 목소리처럼 들렸기 때문이다.

"나도 그렇게 생각했어요. 만약 당신이 사 왔다면 좀 의아했을 거예요. 지극히 평범한 그림으로 보이니까요. 공교롭게도 나는 이 그림에서 아무런 아름다움을 보지 못했어요. 하지만 내 안목이 낮아서 그림의 아름다움을 못 보는 것일 수도 있죠."

"이런 수채화는 너무 가까이서 보면 아름다움을 느끼지 못할 수도 있소. 하지만 조금 멀리서 본다면 다른 느낌이 들 수도 있을 거요."

쁘리는 내 말을 좇지 않았고, 더 이상 따져 묻지도 않았다. 나도 만족했다.

그 그림은 진한 검정색 테두리가 있는 액자에 장식되어 책상 맞은편 벽에 걸려 있었다. 앉아서 일할 때 그 그림은 내 등 뒤에 위치했다. 원래는 정면에 두려 했는데, 그랬다면 힐끗거릴 때마다 볼 수 있었을 테다. 하지만 나중에 마음을 바꿨다. 만약 원래대로 걸었다면 그 그림이 내 신경을 몹시 건드릴 거라 확신했기 때문이었다.

사실 쁘리의 말도 꽤 맞는 부분이 있었다. 그 그림은 흔하고 평범했다. 시선을 사로잡거나 마음을 끌 만한 그 무엇도 없었다. 그리고 내가 기존에 응접실과 침실에 장식해 둔 사오십 엔이나 하는 몇몇 그림과 비교했을 때, 많이 다르다고 볼 수도 있다. 물감으로 그린 그 그림은 산비탈을 따라 커다란 나무들이 무성한 어느 산기슭을 지나 흐르는 개울의 모습을 표현했다. 개울의 다른 한쪽은 바위 절벽 위를 지나가는 오솔길이었다. 어떤 부분은 높고 어떤 부분은 낮아 크고 작은 바위들로 울퉁불퉁했다. 그 바위 절벽을 따라서 작은 나무 위에 갖가지 색의 들꽃과 덩굴 식물이 쭉 뻗어 있다. 저 멀리 개울과 거의 닿을 정도로 낮아지는 커다란 바위 위에 두 사람이 앉아 있는 모습을 표현했다. 원거리에서 보이도록 그린 그림이었다. 남자 한 명과 여자 한 명인지 또는 두 명의 남자인지 분명하게 나타내지 않았지만, 한 명은 확실히 남자였다. 그림에는 '개울가'라는 글씨가 적혀 있었는데, 아마도 작가가 그 그림의 제목으로 삼으려 했던 것 같다. 하단의 한 모서리에 '미타케'라고 조그만 글씨로 적어 두었고, 그 밑에 날짜를 써 두었는데 6년의 시간이 흘렀음을 보여 주었다.

그 그림은 흔하고 평범했으며 시선을 사로잡거나 마음을 끌 만한 그 무엇도 없었다. 그림 솜씨도 보통이었다. 예쁘다면 그런대로 예뻤다. 보는 이들로 하여금 감탄사를 자아낼 수 있는 정도는 아니었다. 자연의 아름다움을 사랑하는 사람이라면 흥미로울 만하고 칭찬하기도 할 것이다. 하지만 안타깝게도 쁘리는 그런 사람이 아니었고, 성격도 나와는 정반대였다.

어쨌든 쁘리와 다른 사람 모두가 그 그림에 관심이 없는 것은 당연했다. 지극히 평범해 보이는 그림이라고 쁘리가 말했듯 말이다. 하지만 나의 경우는 —그리고 오직 나 혼자만이— 그 사람들과는 정반대로 생각했다. 나는 그 그림의 이면에는 인생이 있고, 그 인생이 나의 마음에 새겨져 있음을 잘 알았다. 다른 사람들에게 그 그림의 이면은 판지 한 장이고, 그 뒤는 벽이다. 그러니 그들이 어찌 그걸 그저 평범한 그림이 아닌 다른 방식으로 볼 수 있겠는가?

　홀로 있을 때 그 그림을 보면, 유유히 흐르다가 높은 곳에서 내리막을 지날 때는 세차게 흐르는 개울물이 보인다. 가을의 옅은 햇살까지도 보인다. 그린 이가 정성을 쏟지 않은 것처럼 조잡하게 칠해 둔 돌출된 바위 위에 앉은 두 사람을 볼 수 있다. 그중 한 사람의 길게 휘어진 속눈썹도, 얇은 입술을 놀라울 만큼 매력적으로 만들어 준 입술 위에 그린 선명한 빨간색 삼각형 세 개까지도 볼 수 있다. 나는 작가가 정성을 쏟지 않은 것이 아니라 인생을 담아 그 그림을 그렸다는 사실을 너무 잘 알고 있다. 나는 지극히 평범하게 보이는 고요한 그림 속의 모든 움직임을 본다. 첫 장부터 바로 최근에 아주 슬프게 막을 내린 마지막 장까지. 모든 장면, 모든 순간의 움직임을 말이다.

1장

아티깐버디 공(公)'이 아내인 끼라띠 여사'와 일본으로 허니문을 왔을 때, 나는 릿쿄대학교에 재학 중이었고, 막 스물두 살이 되었다.

나는 태국에서부터 공을 알았다. 그분은 우리 아버지와 친구였고, 나를 만나면 늘 다정하게 대해 주셨다. 나는 공을 알았기 때문에 아티깐버디 부인과도 알고 지냈다. 내가 일본으로 공부하러 떠난 지 1년 정도 후, 아티깐버디 부인이 독감으로 돌아가셨다는 안타까운 소식을 들었다. 그 후 공의 소식을 전혀 알지 못한 채 2년이 흘렀다. 그러다 최근에 그분으로부터 다시 연락을 받았다.

아티깐버디 공은 자신의 새 아내—멈랏차웡 끼라띠—와 함께 일본에 방문한다며, 외국에서 지내는 데 필요한 여러 편의를 포함하여 숙소를 마련하는 것을 내가 도와주기를 바란다고 나에게 편지를 보내왔다. 그분들은 도쿄에서 약 두 달간 머물 예정이었다.

그분이 아내와 일본으로 허니문을 간다고 표현한 것은 내가 붙인 말이다. 하지만 편지에서 그분은 한동안 쉬면서 분위기를 바꾸기 위해 멀리 떠나기를 원한다고 말씀하셨다. 일본으로 떠나는 여행의 큰 목적은 새 아내에게 즐거움을 주기 위해서였다. 끼라띠 여사에 대해 그분은 이렇게 썼다. "나는 비단 태국에서뿐만 아니라 아직 바깥세상에 익숙하지 못한 그녀를 사랑하고 애처롭게 생각해. 그리고 나는 그녀가 아주 행복하기를 바라고, 나처럼 나이 있는 사람과의 결혼이 적어도 무의미하진 않다고 느끼길 원한다네. 나와 동고동락하는 친구였던 사별한 아내를 자네가 좋아했던 것과 마찬가지로 끼라띠를 마음에 들어 할 거라 믿어. 끼라띠는 잘 모르는 사람들에게는 비교적 조용한 사람이지만 의심할 여지없이 마음이 너그러운 사람이라네. 놉펀, 자네와 같은 성격이라면 끼라띠가 아주 마음에 들어 할 것 같아. 그 점은 끼라띠에게도 말해 두었다네."

나는 이전에 끼라띠 여사를 만난 적이 없었고, 아티깐버디 공이 편지에 이분에 대해 써 둔 짧은 내용은 그녀를 파악하는 데 도움을 주지 못했다. 나는 이분이 마흔 살쯤 되었거나 그보다는 조금 어릴 수도 있겠다고 예상했다. 또 아마도 거만한 사람이거나 적어도 왕족인 혈통에 따라 자만심이 강할 것이고, 가만히 못 있고 시끄럽게 떠들썩거리는 아이를 좋아하지 않을 것이 확실하다고 추측했다. 왜냐하면 그것은 나의 성격이 아니었기 때문이다. 많은 사람이 즐거움을 누리는 방식을 그다지 좋아하지 않는 과묵한 사람일 것이고, 각종 규율에 엄격한 성격일 테다. 나는 조심스럽게 그분과 소통해야 할 것이었다.

아티깐버디 공은 자신은 임페리얼 호텔같이 아무리 고급 호텔이라도 호텔에 묵기는 원치 않는다, 당신은 낯선 사람들과 섞여서 한가한 시간을 보내야만 하는 것에 지쳤다, 방 밖으로 나갈 때나 식사할 때 격식에 맞게 차려입어야 하는 옷차림이 지겹다, 그래서 집 한 채를 빌리기를 원한다, 즉 최대한 자유롭게 당신의 생활을 즐기고자 하며, 이러한 방식으로 지내는 것에 돈이 얼마가 들건 상관이 없다고 편지에 썼다.

후자에 대해서는 내가 잘 알았다. 왜냐하면 공은 태국에서 손꼽히는 부자에다 너그럽고 아량이 넓은 사람이기 때문이었다. 나는 교외에 위치하고 철도와 멀지 않은 아오야마 지역에 집 한 채를 빌렸다. 시내로 이동하는 것은 모든 면에서 편리했다. 내가 빌린 집은 그리 크지 않았지만 그 지역에서 매력적이고 아름다운 집 중 하나였다. 외관은 서양식이었지만, 실내 건축은 다다미 방으로 만들어 각종 가구로 꾸미고 장식한 일본식이었다. 그 집은 낮은 언덕 위에 위치했고, 커다란 돌덩어리로 쌓은 2.5피트(약 76센티미터) 정도 높이의 담장이 있었다. 돌덩어리 위로 약 3피트(약 92센티미터) 높이로 흙을 쌓아 올리고 푸르른 식물을 심었다. 흙 담장 위로 나란히 조그만 떨기의 나무도 줄지어 심었는데, 그것들은 적당한 거리로 떨어져 있었다. 집 안에는 정원이 있었는데, 크고 작은 잎들의 초록색으로 꽉 차 보였다. 집 앞에는 커다란 나무 두 그루가 심어져 있는데,

가지가 넓게 펼쳐져 두꺼운 잎이 거의 전체 부지를 뒤덮고 있어 그 집이 한층 더 싱그럽고 상큼해 보이게 만들어 주었다. 나는 이 집이 아주 마음에 들었다. 비록 집주인이 월세를 200엔으로 제시했음에도, 모든 가구가 만족스럽게 완비되었을 뿐만 아니라 황폐해지고 시들지 않도록 돌봐야만 하는 집으로서는 비싸지 않다고 여겨졌다.

나는 일본인의 생활 방식에 따라 집 안을 돌봐줄 귀여운 용모의 하녀를 한 명 고용했다. 귀여운 얼굴의 하녀를 고른 것이, 내가 그녀의 본래 임무 외에 공을 다른 쪽으로 만족시키길 그녀에게 요구했음을 의미하지는 않는다. 만약 우리가 도깨비 같은 얼굴을 가진 사람과 아름다운 얼굴을 가진 사람 중에서 한 명을 고를 수 있는 상황이라면 후자를 골라야 한다고 생각할 뿐이다. 사람이건 사물이건 간에 아름다움을 마주하는 것은 우리의 기분을 어느 정도 좋게 만들어 주기 때문이다. 나는 아티깐버디 공이 상황을 선택할 수 있는 위치에 있음을 잘 알고 있었다. 그 하녀는 평균 임금보다 비싸게 고용해야 했는데, 그녀의 귀여운 용모에 비용을 추가해 준 것이 아니라, 영어를 어느 정도는 구사할 수 있는 일본 여성을 골라야 했기 때문이었다. 그렇지 않으면 아티깐버디 공과 그분의 아내가 아주 곤란해질 것이었다.

도쿄 역에서 아티깐버디 공과 일행을 만난 첫날은 내가 처음으로 그분의 아내와 알게 되어 매우 충격을 받은 날이었다. 공과 함께 온 두 명의 여성을 첫눈에 보았을 때, 나는 서른여덟 살 정도 되고 단정한 복장으로 약간 촌스럽고 긴장한 듯 보이는 사람이 끼라띠 여사일 거라 짐작했다. 공이 보낸 편지에 따른 추측이었다. 반면 또 한 사람은 정반대였다. 젊은 여성으로 눈부시게 빛나 보였고 우아하게 차려입었다. 그녀의 아름다움은 언뜻 보기에도 내 두 눈에 선명하게 들어왔다. 나는 그녀가 누구인지 가늠할 수 없었다. 몇 년 전에 결혼한 공의 장녀는 내가 방콕에서 만난 적이 있어 얼굴을 알고 있었다.

어쨌거나 나는 1분 이상 생각하고 있을 기회가 없었다. 내가 공에게 다가가 두세 마디 인사를 나누자 그분이 그때 옆에 서 있던 젊은 여성 쪽으로 몸을 돌려 말했기 때문이다. "여기가 내 아내일세. 끼라띠 여사님'이야." 소개를 듣고 나는 깜짝 놀랐다. 어리석게도 틀린 추측 때문에 나는 누구든 '그녀가 아티깐버디 공의 새 아내인 끼라띠 여사다'라고 예측하게 해 줄 무엇인가가 그 얼굴에 있을까 하고 의심하며 그녀의 얼굴을 빤히 쳐다보는 실례를 범할 뻔했다.

내 인사를 받았을 때 그녀는 부드럽고 우아하게 미소를 지었다. 한편 그때 다른 여성은 공 뒤로 두 걸음 정도 물러나 정중하게 서 있었다. 다시 한 번 그녀를 힐끗 보았을 때, 나는 방콕에서 당신의 찬모를 데려올 거라고 말했던 공의 편지 내용이 불현듯 떠올랐다. 나는 그 내용을 완전히 잊고 있었다. 누가 누구인지 혼란스러웠던 점은 없어졌지만, 내가 끼라띠 여사의 나이와 용모를 완전히 달리 예상했다는 것에 여전히 놀라움을 금할 수 없었다.

그날 나는 대학생 교복을 입고 있었는데, 이것이 끼라띠 여사가 내게 관심을 가진 첫 번째 대상이었다. 그녀는 단정하고 멋진 교복이라고 칭찬했다. 그리고 그녀는 그 옷의 색상—남색—을 아주 좋아했다. 우연히도 그녀 역시 치마와 상의 모두 같은 색상—남색에 천 전체가 하얀 꽃송이로 장식되어 있는—인 옷을 입고 있었다. 현란하지 않은 색상이면서도 형용할 수 없이 기품이 있고 우아했다.

　내가 집의 대문으로 선회하여 들어갈 때는 천천히 달리라고 차에 지시하자 아티깐버디 공은 몸을 쑥 내밀고 손을 뻗어 내 어깨를 가볍게 두드리면서 내가 공의 마음에 쏙 드는 집을 찾아 주었다며 칭찬했다. 사실 길을 따라 차로 그 일대를 지나다 보면 그 집만큼 아름답고 좋은 집이 없었다. 예쁘고 단정한 기모노 차림을 한 하녀가 집 앞의 계단 옆에 서서 기다리고 있었다. 그리고 차가 대문을 지나 들어올 때부터 몸을 숙여 인사했다. 그녀는 일본인의 전통에 따라 깊은 경의를 담아 두세 차례 더 머리 숙여 인사했다. 두 분이 차에서 내렸을 때 공은 친근하게 하녀와 두세 마디 말을 나눴고, 그녀는 쓸 만한 영어로 곧잘 대답했다. 그 때문에 공은 한 번 더 만족감을 표현했다. 마지막으로 다다미 방과 집 안의 목재 가구들을 모두 본 뒤 그분은 찬사를 표했고, 다시 한 번 나에게 더할 수 없이 고맙다고 했다. 고백하자면, 나는 모자람 없이 그분을 만족시키게끔 준비했음이 매우 기뻤다. 왜냐하면 그 같은 능력은 훗날 공께서 다른 사람들에게 내가 보통 청년보다 더 신중하고 영리한 사람이라고 칭찬하게 만들어 주었기 때문이다.

　뜨거운 목욕물이 이미 준비되어 있었고, 모든 것이 완벽했다.

두 분 모두 집에 첫발을 디딜 때부터 만족했고, 어떠한 실망감도 그들을 가로막지 않았다. 저녁에 나는 그분을 모시고 도쿄에서 최고로 유명하고 호화로운 식당인 가조엔 레스토랑에 중국 음식을 먹으러 갔다. 그날 저녁에 밥을 먹은 장소와 음식은 공이 방콕의 허이티안라우'를 떠오르게 한다며 자주 언급했다. 집으로 돌아왔을 때 두 분의 잠자리는 이미 완벽하게 준비되어 있었다. 그날 밤 나는 스스로 기대했던 것 이상으로 상황이 잘 진행되었다고 느끼고 성공에 흡족해 하며 집으로 돌아왔다.

2장

한 사람이 내 인생에 들어와 착 달라붙은 첫날의 일들과 여러 감정은 내 기억에서 잊힐 날 없이 살아 있을 것이다. 자그마한 하얀 꽃송이가 있는 남색 복장에 흰 모자, 그리고 하얀 신발은 내 마음에 들어와 아로새겨진 숙녀의 첫 옷차림이었다. 내가 우아하고 매우 품위 있다고 느낀 차림이다. 끼라띠 여사는 통통했지만 체구가 큰 사람은 아니었다. 풍만하고 피부가 부드럽고 빛이 났다. 그 얼굴은 가까이에서 그리고 자주 보면 아름다움이 배가 되어 더욱 선명해졌다. 기다란 속눈썹 아래 크고 검은 눈동자는 그 안에 맑은 물을 머금고 있었다. 볼은 생기가 넘치고 턱은 살짝 들려서 턱 끝 위로 사랑스러운 보조개가 있었다. 갸름하고 도톰한 입술은 윗부분에 빨간 삼각형 두 개가, 또 하나가 아랫부분에 놓여 있었는데, 두 입술을 다른 무엇보다도 아름답게 만들어 주었다. 나는 그 전까지 조그만 턱 위에 놓여 있던 아름답게 단장한 그 입술보다 더 아름다운 입술을 본 적이 없음을 고백한다.

나는 아티깐버디 공(公)이 훌륭한 사람임을 잘 알았고, 그분을 무척 존경했다. 그렇다 쳐도 여전히 세상에 대체 어떤 이유로 이 정도로 아름다운 여자가 쉰 살 늙은이와 결혼했는지 궁금함을 떨칠 길이 없었다. 온갖 일을 알고 싶어 하고 이해하기를 원하는 사내아이처럼 의문이 생겼다. 나의 궁금증은 그리 진지하게 나아가지 않았고, 어떤 누군가에 대한 개인적인 감정과는 상관이 없었다. 내가 보기에 끼라띠 여사도 그녀의 신혼 생활에 만족하고 즐거워하는 것처럼 보였다. 그 점이 나의 호기심을 한층 더 부추겼다. 그녀의 빛나는 외모가 모든 면에서 신선하고 새로워 보였기 때문에 나는 끼라띠 여사는 과부가 아니었다고 확신했다.

끼라띠 여사는 공께서 미리 말했던 바와 같이 조용한 사람이었다. 도쿄 역에서 집에 오는 길은 차로 20분 정도 걸렸는데, 그 사이에 그녀는 나와 두세 마디를 나눴다. 집에 도착했을 때, 내가 마련해 두고 맞이한 집을 그녀가 공이 느끼는 것보다 훨씬 더 좋아한다는 사실을 알 수 있었다. 그녀가 흥분한 것은 의심의 여지가 없었다. 그녀는 흥분을 억누른 채 조급하고 들뜬 모습 없이 우아한 자태로 걸어 다니며 방을 살펴보고 각종 장식품을 구경했다. 때때로 그녀는 소리 내어 찬사를 뱉어 냈는데, 매우 깊은 기쁨을 표현하는 것이었다. 그녀는 한 번에 말을 많이 하지 않았고, 그다지 자주 하지도 않았다. 하지만 나는 그녀의 눈에서 기쁨을 읽을 수 있었다. 그녀는 그동안 내가 만나 왔던 많은 여성들과 달랐다.

식사를 하는 동안 끼라띠 여사는 나에게 학업과 생활에 대해 적당히 물었다. 나는 그녀가 일반적으로 도쿄에 처음 온 사람들이 주로 질문하는 도쿄에서의 흥미진진하고 즐거운 면을 묻지 않고, 미소 띤 얼굴로 공과 내가 나누는 여러 가지 대화를 듣고 있는 것에 놀랐다. 그녀는 경외심이 들 정도로 어른스러웠다. 그럼에도 그녀의 젊음과 미모는 여전히 나에게 의문점이었다.

아티깐버디 공과 그의 아내가 도쿄에 도착했을 때는 우연하게도 여름이었다. 대학교도 막 방학을 해서 내게도 완전한 자유시간이 주어졌다. 공에게 시간을 내어 드릴 수 있는 매우 좋은 기회였다. 처음에 공은 도쿄에서 방콕의 4월'과 같은 더위를 만나야 하는 점을 별로 내켜 하지 않았다. 하나 그것은 나의 제안이 아니라 당신 스스로의 결정이었다. 하지만 여름에 도쿄에 온 것이 한편으로는 나의 방학이라는 좋은 기회로 당신께 매우 도움이 될 수 있다는 사실을 알고는, 그분은 만족했다.

첫째 주에 나는 매일 거의 하루 종일 두 분과 함께 어울려 시간을 보냈다. 내가 두 사람과 점심이나 저녁 식사를 함께하지 않은 것은 두세 차례에 불과했다. 도쿄에 온 초반에 공은 일본인과 대사님을 포함한 태국인 등 당신의 여러 친구들을 만나러 가야만 했다. 그 밖에도 그는 일본의 역사와 관련된 여러 장소를 보기를 원했는데, 처음 일본에 온 사람에게는 당연한 일이었다. 나는 그분의 전담 안내자 역할을 해야만 했다. 왜냐하면 일본어를 할 수 있는 안내자가 없다면, 어디든 오가는 데 무척 어려움이 따르기 때문이었다. 첫째 주에 아티깐버디 공은 여러 차례 일본인 친구와 태국인 친구가 마련한 당신의 환영 파티에 갔다. 각 파티에 모이는 사람 수가 적지 않았다. 나 역시 그 파티들에 매번 참석하는 기회를 얻었다.

단 일주일 만에 일본에 머물고 있는 거의 모든 태국인이 두 분과 만났다. 나는 아티깐버디 공과 만나게 되어 아주 기뻐하는 사람들이 있음을 알게 되었다. 동시에 끼라띠 여사가 비록 이전에 거기 있는 사람들을 아예 몰랐음에도 불구하고, 그녀의 남편보다 몇 배로 더 모든 이들로부터 환영 받고 있다는 것 또한 알게 되었다. 나중에 끼라띠 여사는 방콕에서는 그녀가 누구와 친한지 오래 생각할 필요 없이 셀 수 있을 정도라고 내게 말했다.

이와 같은 상황이 벌어진 건 공이 당신의 아내와 비등하지 않기 때문이 아니었다. 앞서 나는 공께서 아주 좋은 사람이라고 말했지만, 끼라띠 여사는 너무나도 매력적이었다. 이것이 바로 두 분 모두가 여러 사람들로부터 서로 다르게 환영을 받은 이유였다. 남성들은 시암'에서 도쿄를 방문한 끼라띠 여사와 같이 눈호강을 시켜 주는 외모의 태국 숙녀를 본 것에 한껏 즐거워했다. 그들 모두가 일본인들이 우리 태국 여성을 애호하는 시선으로 보는 것을 체감했을 때 자부심을 느꼈다. 그들의 예상보다 훨씬 심오한 아름다움에 그곳의 태국 여성들 역시 끼라띠 여사의 외모에 많은 흥미와 관심을 가졌지만, 당연히 너무 떠들썩하게 이야기하지는 않았다. 그 여성들과 일부 남성들은 함께 와서 나에게 아티깐버디 공과 결혼하기 전 끼라띠 여사의 이력과 배경에 대해 물었다. 당시 나는 어떠한 대답도 할 수 없었다. 그들은 모두 한 가지 의아함을 품었는데, '그녀가 그녀의 남편과 결혼을 결심한 이유는 무엇이었을까?'였다. 끼라띠 여사는 스물여덟 살을 넘지 않으리라 추측되었고, 그 나이의 아름답고 매력적인 여성이 아무리 마음씨가 좋고 연륜에 따른 품위가 있는 사람이라고 해도 나이가 오십이나 되는 남성과 결혼한 점에 많은 사람들은 의구심을 떨쳐낼 수 없었던 것이다.

여하튼 나는 끼라띠 여사의 경호원과 마찬가지의 명예를 부여받은 데에 특별히 높은 자부심을 느꼈다. 내 느낌으로는 끼라띠 여사 스스로도 모든 사람이 그녀를 얼마나 좋아하는지 알고 있는 듯했다. 그녀는 시종일관 조용하고 온화한 자태를 보였지만, 누구든 옅은 분홍빛 얼굴 전체에 어린 그녀의 즐거움을 볼 수 있었을 것이다.

거의 하루 종일, 그리고 거의 매일 두 분과 같이 시간을 보내면서 나와 끼라띠 여사 사이의 친밀감은 상당히 빠르게 깊어 갔다. 나는 사람과 쉽게 친해지는 성격이다. 그리고 끼라띠 여사는 누구든지 참으로 푹 빠질 만한 사람이다. 가까이 친해질 기회가 생겼을 때 그녀는 항상 내게 친절을 베풀었다. 예를 들면 식사할 때에 마치 내가 아이라도 되는 양 늘 나를 돌보고 챙겨 주었다. 한번은 그녀가 내 넥타이가 터진 걸 발견하고 벗어서 달라더니 직접 꿰매 주었다. 또 한번은 그녀가 내 옷소매 끝이 진흙으로 더러워진 것을 보고 불러서 닦아 주었다. 보통 나는 이런 일들에 관심을 둔 적이 없었고, 이처럼 사소한 일에 마음 쓰는 데는 관심이 없었다. 하지만 외국에 와서 3년을 사는 동안 나는 소중히 보살펴 주는 일가친척 없이 학업에 전념해야만 했고 검소하게 지내야 했다. 메마르게 생활하다가 아주 오랜만에 이러한 친절을 마주한 것이다. 외로운 때에 만나니 나는 그 친절에 무척 감동할 수밖에 없었다. 그 감동은 스스로 생각해도 이상했다. 끼라띠 여사가 넥타이를 꿰매는 동안 나는 가까이에 앉아서 조용히 기다렸고, 가끔 그녀의 질문에 대답하는 것이 무슨 이유로 나를 그토록 행복하게 만드는지 이유를 알 수 없었다.

3장

2주가 지나 우리 둘 사이의 친밀감이 조금 더 커졌을 때, 나는 끼라띠 여사를 다른 사람으로 보게 되었다. 그녀는 조용하고 과묵한 사람이 아니었다. 후에 나와 함께할 때 그녀는 말을 꽤 잘하고 자신의 방식으로 즐기기를 원하는 사람으로 보였다. 그녀는 진지한 이야기도 알맹이가 없는 이야기도 모두 말할 수 있었다. 진지한 이야기를 할 때 나는 그녀가 나보다 훨씬 높은 식견을 가진 사람이라고 느꼈다. 나는 왜 아티깐버디 공(公)이 당신의 아내가 아직 세상과 인생을 조금밖에 모른다고 여기는지 의아했다.

나와 일대일로 대화를 나누면서 즐거워할 때 그녀가 크게 웃음을 터트린 적이 있었다. 그 웃음소리는 생동감과 아이 같은 순수함으로 가득 차 있고 소리가 맑고 낭랑하면서 깊이가 있었다. 이처럼 낭랑한 소리가 듣는 이의 가슴을 오래도록 떨리게 하는 것은 당연했다. 그런 시간에 나는 끼라띠 여사가 완전히 나의 친한 친구가 되었다고 느꼈다. 나는 그녀에게 굉장한 충성심을 품었다.

하지만 2주가 지나고 나서도 나는 여전히 나에게 와서 물어보는 사람들에게 끼라띠 여사에 대한 질문에 답을 할 수가 없었다. 그녀의 결혼 전 삶이 어땠는지, 그리고 무엇이 그녀가 그녀의 남편과 결혼하도록 이끈 원인인지는 여전히 수수께끼로 남아 있었다. 누구도 그녀가 사랑 때문에 결혼했다고 여기지 않았다. 이런 젊은 미인과 오십 대가 결혼할 수 있었다는 게 이상한 일이 아닌 것도 사실이지만, 이런 젊은 미인과 오십 대가 서로 사랑할 수 있는 것 역시 일반적이지는 않다고 볼 수 있다. 결혼과 사랑은 각기 다르기 때문이다. 대다수 사람들의 생각은 이 결혼에 ―그리고 다른 경우와 마찬가지로― 돈의 위력이 적지 않게 개입되었을 것이고, 여러 방향에서 오는 압박에 저항할 수 없어서 여성이 결국 결혼식에 입장해야만 했다는 쪽으로 치우쳐져 있었다. 하지만 끼라띠 여사의 결혼에서 감히 그쪽으로 확신하는 의견을 내는 사람은 찾을 수 없었다. 왜냐하면 아는 한도에서 끼라띠 여사는 그녀의 남편에게 만족하는 것으로 보였기 때문이다.

내 눈에는 끼라띠 여사가 도쿄에서의 나날을 매우 즐겁게 보내는 듯 보였다. 어디가 되었든 간에 집 밖에 나갈 기회가 있을 때면, 그녀가 관심을 가지고 모든 것을 주의 깊게 살펴보느라 그 눈동자가 희열로 반짝거린다는 것을 나는 알아챘다. 이처럼 모든 것에 대한 관심은 그녀의 또래와는 많이 다르게 그녀가 진중한 사람으로 보이게 만들었다. 그래서 그녀와 가까이 있을 기회가 없는 사람들은 그녀와 친밀감을 갖기 어려웠다.

셋째 주의 어느 날 저녁, 나와 그녀가 단둘이 산책을 나갔을 때, 우리의 관계에서 새로운 이해가 생겨났다.

그날 저녁 공은 골프를 치러 갔고, 그분의 아내는 긴자 거리에 물건을 사러 갔다. 돌아와 잠시 쉬고 나서 그녀가 내게 산책하러 나가자고 권했다. 우리가 걷고 있던 길은 집 뒤에서 조금 떨어져 있었다. 한산하고 양옆으로 나무 그늘이 시원한 길이었다. 군데군데 높은 언덕 위를 지나갔고, 아래는 각종 식물들로 울창하게 보이는 밭이 있었다. 조용하고 평화로운 길이라서 이따금씩 우리를 지나쳐 가는 트럭이 있을 뿐이었다. 끼라띠 여사는 집 근처에 산책을 나온 적이 있었고, 이 부근의 경치를 구경하기 위해 언젠가는 이 길을 멀리까지 걸어가 보고 싶다는 의지를 드러낸 적이 있었다. 그리고 그녀는 그날 처음으로 자신의 의지를 실행에 옮겼다.

우리는 그날 산책에 오랜 시간을 썼다. 우리 둘은 처음 만났을 때처럼 각자 아무 말 없이 그냥 시간이 흘러가게 내버려 둘 필요가 없을 정도로 친해져 있었다. 끼라띠 여사 또한 나와 둘만 있을 때는 더 이상 과묵한 사람이 아니었다. 우리는 서로 나눌 이야기가 많았다. 한 가지 이야기가 끝나면 새로운 이야기가 그 자리를 차지했다. 어떤 이야기는 길었고 어떤 이야기는 두세 마디로 끝났다.

열두세 살쯤 돼 보이는 남자아이 두 명이 조그만 자전거를 타고 우리 곁을 지나갔다. 그들은 우리 둘을 보며 유쾌하게 미소를 지었다. 끼라띠 여사는 그들에게 살짝 웃어 주었다.

"나는 오늘 무척 즐거워." 그녀가 말하고서 숨을 힘껏 들이마셨다. 그녀는 얼굴에 부드러운 미소를 띠고 있었다.

"무엇 때문에요?" 내가 물었다. "저는 여기 구경할 만한 게 없어서 여사님께서 지루하실까 봐 걱정했습니다."

"구경할 만한 게 없다니, 자네는 무슨 말을 그렇게 하나?" 동시에 그녀는 저 멀리 앞쪽으로 우리의 걷는 길 오른편에 낮게 있는 옅은 녹색 배추밭을 손으로 가리켰다. "자네는 햇빛이 약할 때 배춧잎의 녹색이 안 보여? 꼭 벨벳처럼 보여. 얼마나 아름다운 풍경인지! 그리고 저 어린 초콜릿색 가지들은 자네에게 동년배 친구라는 느낌이 들지 않는 거야? 그 옆으로 채소밭에 바람결에 흔들리는 키 큰 식물과 가느다란 이파리가 자네의 마음을 유쾌하게 해 주지 않아?"

"여사님은 시인처럼 말씀하십니다." 나는 웃었다.

"나를 놀리지 말게나. 사람들은 시인이 진부한 사람이라고 말하지. 나는 시인이 아니야. 하지만 자네가 진부한 생각을 가졌다는 이유 때문에 나를 시인이라고 일컫는 것이라면 내가 받아들일게." 그녀는 나를 보면서 싱그럽게 미소 지었다. "진짜야. 놉펀. 그것들은 진짜로 내 행복의 원천이야. 자네는 아마도 조금 전에 두 남자아이의 통통한 볼이 분홍색을 띠는 걸 봤을 테야. 그들의 쾌활한 웃음과 반짝거리는 눈동자도. 아……. 자네는 그보다 더 볼만한 무언가를 찾을 수 있겠나?"

"저는 방금 알았습니다. 여사님이 철학자라는 사실을요." 이 말을 했을 때 나는 전혀 농담이 아니라고 생각했다.

"나는 더 이상 어떤 말도 하지 않을 걸세. 자꾸 자네가 나를 추켜올려 칭찬하기 때문이야." 그녀는 조신한 자세로 말하고 조용히 계속 걸어갔다.

"저는 진정으로 말한 겁니다." 내가 서둘러 내 말을 변호했다.

"그 점이 나를 더욱더 말하지 않게 만드는 거야."

나는 미소를 머금었다. 우리는 조용히 계속 걸었다. 잠시 후 그녀가 돌아보면서 말했다.

"진짜로 물어보겠네. 자네는 나에게 동의하지 않는 거야? 내가 언급한 풍경이 얼마나 볼만한 것으로 가득 차 있는지 말이야."

"저도 여사님의 생각에 반대하지 않습니다. 모두 동의합니다. 단지 걱정이 되어 물어본 것입니다. 왜냐하면 일반적으로 여자들은 이런 것들에 관심이 없거든요. 하지만 여사님은 특별한 사람입니다."

"자네는 나를 시인으로 만들고 철학자가 되게 했어. 지금은 또 특별한 사람이라고 하고. 오늘 자네는 정말 끈질겨, 놉펀. 내가 단호하게 결심해야겠어."

"제가 끈질긴 사람이라고 결론을 내리겠다는 점을 말입니까?"

"그래, 그것도 맞지. 하지만 내가 더 이상 그런 이야기는 말하지 않을 거라는 뜻이야."

다소 어린아이의 행동거지가 섞인 조신한 태도는 나로 하여금 어느 때와도 비교할 수 없는 끼라띠 여사의 매력과 아름다움을 보게 만들었다. 나는 바라만 보면서 마음속으로 그녀를 찬양했다.

우리는 걸어서 마을 가까이까지 와서 허름한 커피숍이 위치하고 있는 교차로에 이르렀다. 우리가 지나가려고 할 때 마침 자동차 한 대가 와서 멈췄다. 젊은 여성 두 명이 차에서 내렸는데, 얼굴은 짙은 분홍색이었고 똑바로 서지 못했다. 남자 두 명이 따라 내렸는데, 그들은 더위 때문에 재킷을 입지 않고 벗어서 들고 있었다. 한 사람은 눈을 반쯤 감고 있었고, 또 한 사람은 크게 뜨고 있었는데 그 눈동자에 열기가 타오르고 있었다. 두 남성은 여성들을 껴안고 다 함께 한 번은 비틀거리며 왼쪽으로 걸어갔다가 한 번은 비틀거리며 오른쪽으로 돌아오면서 커피숍 안으로 사라졌다.

"자네 같은 청년은 이런 모습을 좋아할 것 같아." 우리가 교차로를 지날 때 끼라띠 여사가 말하기 시작했다.

나는 그녀가 진짜 그렇게 말하려고 의도하지 않았고 단지 비꼬는 말을 했을 뿐임을 알아챘다. 하지만 나는 그녀의 말에 태연하게 대답했다.

"정반대예요. 저는 아주 싫어합니다."

"이런 혐오스러운 재미는 어디에나 있어, 놉펀. 어떤 나라에서라도 말이지. 왜 그들은 좀 더 단정하게 행동하지 못하는 걸까? 아직 어둡지도 않은데 말이야. 그리고 왜 길 한복판에서부터 그렇게 행동해야만 할까? 사람들의 눈에 띄지 않게 좀 기다릴 수 없는 건가? 아니면 그들은 저게 멋진 일이라며 즐기는 건가?"

"대부분의 사람들이 저게 멋지다고 여기지는 않을 겁니다. 아마도 특정한 사람들의 행동일 테지요. 우리 태국에서도 수도 전역에 비어 홀을 열었을 때부터 이런 재미들이 많이 있다고 들었는데, 아닌가요?"

"나도 있다고는 들었어. 하지만 본 적 없고 어느 정도로 있는지 짐작할 수도 없어. 조금 전에 지나오며 본 일 같은 건 상상도 못했어."

"사실 일반 커피숍에서는 예삿일처럼 보입니다."

"놉펀은 나의 콜럼버스야. 자네는 나를 새로운 세상으로 이끌어 줬어."

"여사님은 저렇게 더러운 장면을 보게 이끌려 온 것이 속상하십니까?"

"나는 예술을 좋아해. 하늘의 별을 살펴보는 것만큼이나 노래기와 지렁이를 살펴보는 것을 좋아해. 전혀 속상하지 않아, 놉펀. 오히려 자네한테 고마워. 하지만 예술을 한쪽으로 떼어 놓았을 때 이런 모습을 본 것은 좀 충격적이야. 그렇지만 예술 쪽으로는 충격이 아주 유용하지."

"여사님은 예술가입니다. 아마도 화가이자 작가일 거예요." 나는 경이로움으로 외쳤다. 그것은 진정한 경이로움이었다.

"놉펀, 자네 제발 말을 좀 조심해 줘. 30분도 안 되는 시간 동안 자네가 나한테 부여한 직이 무려 네 개나 된다는 걸 기억하라고."

"만약 앞으로 1년 정도 여사님 곁에 있게 된다면 저는 제가 훨씬 똑똑해질 거라고, 놀랍도록 똑똑해질 거라고 생각합니다."

나는 진심으로 말했다고 확신하면서 그녀가 만류하는 말을 듣지 않았다.

그녀는 마치 그 말 속에 무슨 다른 의미가 있는지 조사하듯 곁눈질로 나를 흘겨봤다.

"자네는 귀엽게 고집스러워." 그녀는 미소를 띠면서 말했다. "그런데 단지 1년만 원하는 건가?"

"저는 최소한을 의미했습니다." 나는 재빨리 설명했다. "하지만 제가 맘껏 선택할 수 있다면, 음…… 무한정입니다."

끼라띠 여사는 웃었다. 맑고 청량함에 있어 뭔가 부족한 웃음소리였다.

"하지만 난 여기서 8주 동안만 있을 거야. 그리고 지금 우리는 세 번째 주를 보내고 있는 중이고."

"시간이 너무 빨리 갑니다." 나는 나지막한 목소리로 말했다. "저는 지금 '하누만'이 되고 싶습니다."

"'태양신의 전차를 막으러 가기 위해서?'"

"하지만 그것은 불가능합니다." 나는 진지하게 말을 이었다. "제 생각에는 만약 제가 공께 이곳에 머무는 시간을 더 늘리도록 권한다면 여사님께서는 아마 반대하지 않으실 것 같습니다."

"나는 태양을 따라 움직이는 사람이야. 나는 선택할 수 없어. 오직 태양에 달려 있지." 그녀는 유쾌하게 대답했다. "그런데 자네는 학교가 곧 개강할 거라는 사실을 잊지 말게."

"잊지 않았습니다. 그렇지만 저는 대학 수업 시간 외에는 여사님께 현명함 수업을 받으러 언제든지 올 수 있을 겁니다."

그 후 끼라띠 여사는 나에게 학업에 대해 물었다. 진지한 이야기를 할 때 그녀의 태도는 근엄해 보였고, 나는 그녀의 친구가 아닌 어린아이가 되었다. 우리는 계속 걸었다. 한참 후에 사람들이 많이 모여 장사를 하는 혼잡한 구역에 이르렀다. 차량이 쉴 새 없이 지나다녀서 여유롭게 쉬엄쉬엄 걷기에는 불편했다. 우리는 돌아가기로 했다. 얼마 후, 우리는 고요하고 아름다운 지역으로 되돌아왔다.

4장

    돌아가는 길은 해가 저문 저녁 시간이었다. 조그만 아이가 뛰어나와 집 주변에서 놀고 있었다. 우리는 경관이 아름다운 집을 지났다. 얼굴이 예쁜 십대 소녀 두 명이 어린아이를 데리고 신나게 걷다가 뛰다가 하면서 집에서 나왔다. 우리가 걷고 있던 큰길로 이어지는 샛길을 따라서 두 소녀는 우리가 막 지나가려던 길가까지 다다랐다.

    지나쳐 오자마자 끼라띠 여사가 말했다. "두 사람 모두 얼굴이 상큼하고 예뻐, 놉편. 자네는 일본 여성을 어떻게 생각해?"

    "저는 일본 여성의 태도에 매료되었다고 고백해야겠습니다."

    "우리 태국 여성보다도 더 말인가?"

    "저는 대체로 그렇게 생각하고 있습니다."

    "자네는 일본 여성이 남자들의 욕구 이상으로 온순한 태도를 지닌다고 느끼지는 않나?"

    "그렇게 느끼지 않습니다."

"그렇다면 자네는 아마도 보통 남자가 아닌가 봐? 나는 대부분의 남성은 흥분되는 여성, 아니면 적어도 흥분감이 어려 있는 여성을 좋아하고, 여성의 태도에 기민함이나 특별한 무엇인가가 있어 인생이 무미건조하지 않게 하는 조미료가 되길 원한다고 보는데."

"여사님 말이 맞을 수도 있습니다. 하지만 저는 그 인생의 양념은 서로 다른 여러 가지가 존재한다고 봅니다. 저는 여성의 온화함을 인생의 즐거움 중 하나라고 보는 소수의 편일 수 있습니다."

"자네는 오랫동안 태국 여성으로부터 떨어져 있었어. 일본 여성의 영향이 자네에게 많이 불어넣어졌어." 끼라띠 여사가 웃었다. "진지하게 말하자면, 나는 자네가 올바로 생각한다고 봐. 그리고 내가 칭찬하고픈 생각이기도 해. 비록 나는 이런 문제를 판단하는 데 전문성은 전혀 없지만."

그녀가 말을 끝냈을 때 나는 고맙다고 말했다.

"나는 조금 전 두 소녀의 행복한 얼굴이 계속해서 떠올라." 그녀는 회고하듯 말을 이었다. "좋은 거름을 얻어 꽃봉오리를 피운 나무 같았어. 십대의 싱그러움과 생명력으로 통통 튀어. 그 반짝거림이 나 자신을 되돌아보게 했는데, 조금 먹먹했어."

"저는 이해가 안 됩니다." 나는 진심으로 궁금해서 물었다. "두 소녀의 싱그러움을 봤을 때 어떤 이유로 여사님께서 먹먹해야 했는지요? 여사님 또한 이미 그런 면을 완벽하게 갖고 계시는데요. 어쩌면 여사님이 지니고 계신 반짝거림이 두 소녀의 것보다 훨씬 더 가치 있을 겁니다."

"누가 내게 이렇게 말하도록 자네를 가르쳤는가?"

"감정이 저를 가르쳤습니다." 나는 곧바로 대답했다. "그리고 그렇게 확신하는 것이 저뿐만은 아니라고 믿습니다."

"하지만 자네는 아직 내가 걱정하는 바를 몰라. 나의 싱그러움—자네가 있다고 여기는—은 그 두 소녀의 싱그러움에 비할 바가 못 돼. 그들의 싱그러움은 내가 이미 말했듯이 이제 막 피어나는 꽃봉오리 같은 첫새벽의 싱그러움이야. 반면 나의 싱그러움은 지금도 남아 있다면 그건 해질녘의 싱그러움이고 머지않아 사라지겠지. 이제 자네는 내가 먹먹하다고 말한 데 충분한 이유가 있다는 게 보일 거야."

"저는 아직 안 보입니다." 나는 관심 있게 그녀의 말에 응대했다. "비록 여사님께서 말씀하신 것 같은 비교 기준을 삼더라도 저는 여사님의 싱그러움이 해가 질 무렵의 싱그러움과 마찬가지라는 말에 동의하지 않습니다. 제 눈에 여사님의 싱그러움은 여전히 아침나절에 있습니다. 새벽녘이라고 부르는 것을 받아들이지 못할지라도 아직 빛날 수 있는 많은 시간이 있습니다."

"아, 자네는 정말로 나의 추종자군." 끼라띠 여사는 내가 한 말을 받아들이려 하지 않았지만 그 목소리는 그녀가 이런 말을 듣고 매우 기뻐하고 있음을 드러냈다. "그리고 그런 이유로 자네는 자기 눈이 현혹되어 버렸다는 사실을 모르겠나? 자네는 내가 스스로를 젊다고 부를 수 있는 나이를 넘어섰다는 것을 알고 있는가?"

"아직 서른 살도 안 된 여성이 젊은 여성이 아니라고 믿는 사람은 없을 것 같습니다. 특히 여사님의 경우는요."

그녀는 의기양양한 눈길로 나를 바라보았다.

"자네는 아마도 내가 서른다섯 살이나 됐다는 걸 몰랐던 모양이야."

그 말에 나는 깜짝 놀라서 무례할 만큼 빤히 그녀를 쳐다보았다. 하지만 그 후에 나는 웃었다.

"저를 속이시는 거죠? 여사님께서 저를 놀리고 있다는 걸 알고 있습니다."

"뭐라고? 자네는 내 나이가 몇이라고 생각하는 거야? 자네가 어떻게 짐작하고 있는지 어서 말해 보게."

"저는 아무리 해도 여사님의 나이는 스물여덟 살을 넘을 리가 없다고 생각합니다. 아마 여사님은 스물여섯이나 스물일곱 살밖에 안 됐을 겁니다."

"스물여섯 살!" 그녀는 소리쳤다. 그녀의 눈에 행복의 빛이 어렸다. "자네가 9년 전의 감정을 떠오르게 했어. 그때 내 감정을 정확하게 기억할 수 있는데, 당시 내 삶은 희망으로 가득 차 있었지. 나는 노년에 접어든 신사와 결혼해야 한다는 걸 한 순간도 예감하거나 두려워한 적이 없었어. 그건 황폐하고 시들고 무기력한 것을 좋아하지 않는 나의 천성이었지. 가끔은 두려워했다고 말할 수 있을 거야. 하지만 9년이나 지난 일이야."

"그럼 지금 여사님에게 무슨 일이 일어난 겁니까?" 나는 한층 커진 궁금증으로 물었다.

"무슨 일이 일어났냐고?" 그녀는 천천히 내 물음을 되풀이하면서 멍하니 앞을 바라봤다. "젊음과 아름다운 꿈이 왔다가 나를 떠나갔지. 내가 허락해야 할지 말지는 문제가 아니었어. 나는 그저 허락해야만 했지. 그뿐 아니라 자네는 내가 공(公)과 결혼한 것을 봤잖아."

나는 하마터면 그녀가 이 결혼에 만족하지 않는다는 걸 의미하는 거냐고 물어볼 뻔했지만, 이성이 호기심을 눌렀다. 나는 그렇게 직접적으로 질문하는 것이 상당히 무례하고, 어쩌면 함부로 참견하는 것일 수 있음을 깨달았다.

"내가 아무리 시듦과 황폐함을 싫어하더라도, 또 아무리 아름다움을 사랑하더라도 9년이라는 시간은 나를 지나쳐 가 버렸어." 끼라띠 여사는 계속해서 말했다. "나도 내 나이가 자네가 짐작한 것과 같길 바라. 하지만 우리는 진실을 거역할 수 없어."

"그럼 진실은 어떠합니까?"

"진실은, 나는 자네가 받아들인 것처럼 스물여섯, 스물일곱 살의 여자가 아니라는 거지." 그녀는 차분하게 희미한 미소를 지었다. "나는 자네를 속이거나 놀리지 않았어. 내가 서른다섯 살이라고 말했을 때 자네는 내가 사람들이 말하는 반평생의 나이를 지나왔다는 사실을 알았을 거야. 그래서 나는 스스로 젊은 여성이라고 부를 권리가 없다고 생각해."

"하지만 저 자신은 여사님의 말보다는 제 눈을 더 믿어야 하지 않겠습니까?" 나는 진지하게 이야기했다.

"오늘 놉펀은 정말 고집스럽군." 그녀는 내 쪽을 힐끗 보면서 사랑스럽게 미소 지었다.

"저의 정직한 고집스러움을 용서해 주십시오. 여사님께서 다른 사람들에게 여사님이 서른다섯 살이라고 말하면 그들은 백이면 백 부정하면서 믿지 않을 겁니다. 한쪽 눈을 가려도 여사님의 젊음과 광채는 명백하게 볼 수 있습니다."

"남아 있는 다른 한쪽 눈도 먼 거라면 모를까." 그녀는 유쾌하게 말했다.

"저는 솔직하게 말했습니다."

"좋아, 놉펀. 자네가 다음에도 사람들의 나이를 마음대로 잘못 추측하는 일을 예방하기 위해서 내가 한 가지 사실을 알려 줄게. 늘 자신을 돌보고 가꾸는 여성은 실제보다 다섯 살 정도는 낮춰 보이게 할 수 있어."

"하지만 여사님은 인드라 신에게 축복을 받았거나 헨리 라이더 해거드의 소설 『그녀』에 나오는 여성 인물 아샤처럼 신성한 불에 목욕을 해서 아름다움과 싱그러움을 놀라울 정도로 잘 유지할 수 있었을 것입니다. 저는 제가 여사님을 오해하고 있는 것처럼 저를 오해하도록 만든 여성을 만나 본 적이 없습니다. 제게 말해 주십시오. 여사님은 어떤 특별한 비결을 가지고 있는지요."

"그만, 그만해." 그녀는 내가 입을 다물도록 손을 내저었다. "자네와 더 이상 이 이야기는 하지 않겠네. 아는가? 놉펀, 자네는 계속해서 나를 격찬하려고 해. 그렇게 행동하는 건 자네를 망칠 걸세."

그녀는 진지한 얼굴을 하고서 더 이상 아무 말도 하지 않고 계속 걸었다. 만일 서로 만난 초반이었고, 끼라띠 여사가 이런 표정과 태도로 말했다면 나는 무척 놀랐을 것이다. 하지만 그녀가 그렇게 말하는 게 어떤 의미인지 내가 이해할 수 있을 만큼 우리 두 사람이 충분히 친해진 때였기에, 나는 그저 싱긋 웃었다.

우리는 해질녘에 집에 돌아왔다. 공께서는 아직 귀가 전이었다. 나는 계속 머물면서 끼라띠 여사의 친구가 되어 주었다. 목욕을 끝내고 옷을 갈아입은 그녀는 나보고 저녁식사 시간이 되기 전에 목욕하라고 말했다. 그녀는 내 얼굴이 지저분해 보이는 걸 용납하지 않았기에 나의 거절은 효력이 없었다. 나한테 좋으라고 하는 그녀의 요청 때문에 왜 내가 비정상적인 기쁨을 느끼는지, 나는 이 문제에 답할 수 없었다.

그날 저녁 끼라띠 여사와의 대화에서 얻은 지식과 즐거움은 집으로 돌아오는 내내 나의 머릿속을 떠나지 않았다. 끼라띠 여사의 나이 이야기는 내가 전혀 예상하지 못한 채 알게 된 새로운 사실이었다. 그녀의 말이 사실이라고 믿게 되었음에도 불구하고 나는 굉장히 혼란스러웠다. 만약 내가 처음부터 그녀가 서른다섯 살이라는 것, 이를테면 나보다 열세 살이나 연상이라는 사실을 알았더라면, 아마도 나는 그녀가 너무나도 어른이라고 느꼈을 테고, 필시 현재의 방식으로 그녀에게 친하게 행동할 수 없었을 것이다. 하지만 결국 우리가 친구 관계로 서로 친밀함을 품었을 때, 그녀의 나이는 그저 사실의 그림자에 불과했다. 나는 끼라띠 여사가 나보다 겨우 서너 살 많은 친구처럼 느껴졌다. 그녀의 실제 나이에 대한 이야기는 내가 그녀에게 갖는 심적으로 친밀한 관계를 멀어지게 하는 데 조금도 지장을 주지 않았다.

여하튼 어떤 면에서 그녀의 말은 내가 의미를 이해할 수 없었다. 특히 그녀가 공과 결혼한 것에 대해 말한 부분이 그랬다. 그 말은 외려 나에게 많은 호기심을 불러 일으켰다. 그녀가 짧게 흘려 말한 것에 따라 내가 자의적으로 해석해 본다면, 그녀가 결혼에 자발적이지 않았다는 쪽으로 해석할 수밖에 없었다. 하지만 이렇게 해석하는 것이 진실과 부합하는지 확신할 수 없었다. 생각하면 생각할수록 오히려 끼라띠 여사의 결혼 문제가 전보다 더 오묘해졌다.

결국 집으로 돌아와 몸을 뉘었을 때 나는 자문했다. 무슨 이유로 나는 끼라띠 여사의 사생활을 골똘히 고민하고 있는가? 그 문제를 반드시 풀어야 할 어떤 의무나 필요성이 내게 있는가? 당시 내가 스스로를 그녀의 친한 친구라고 여겼던 것은 사실이었다. 하지만 그녀 자신이 어떤 걱정이 있다고 전혀 표현하지 않았고, 나에게 그녀와 관련된 어떤 문제를 해결해 달라고 요청하는 말을 입으로 꺼내지 않았음에도 불구하고, 내가 그녀의 개인적인 일을 깊이 고민해야만 할 무슨 이유가 있는가? 스스로에게 이 같은 질문을 던졌을 때 나는 대답할 수 없었다. 그래서 이 말도 안 되는 생각을 떨쳐 내어 벗어나고자 노력했다. 이는 상당한 노력을 필요로 하는 일이었다.

5장

나와 공(公) 그리고 끼라띠 여사의 관계는 평소와 같이 계속되었다. 그로부터 3~4일이 지난 어느 날 저녁, 공은 한 파티에 초대를 받아서 가게 됐다. 끼라띠 여사는 몸 상태가 별로 좋지 않아서 많은 사람을 마주하는 모임에는 참석하지 않는 게 좋겠다며, 집에서 쉬겠다고 했다. 그래서 공은 내게 당신 부인의 친구가 되어 달라고 부탁했다.

그날 밤은 달이 밝았다. 저녁식사를 하고 나서 우리 둘은 이런 날 달빛을 즐기러 밖에 나가지 않는 것은 완전히 어리석은 일이라는 데 뜻을 모았다. 나는 우리 집에서 걸어서 10분 정도 거리에 있는 공원에 노 젓는 배를 타러 가자고 제안했고, 끼라띠 여사도 동의했다.

우리가 도착했을 때는 아직 초저녁이었다. 공원에 산책하러 온 인근 주민들이 끊임없이 오갔다. 어떤 사람들은 벤치에 앉아서 다른 사람들이 커다란 호수에서 배를 젓는 모습을 구경하고 있었다. 우리는 공원 주변을 두세 바퀴 산책하다가 다리가 피곤하다고 느껴지자 배를 타기로 했다. 그때 호수에는 이미 너덧 척 정도 배를 타고 노를 젓고 있는 사람들이 있었다. 호수 안을 거슬릴 정도로 왁자지껄 시끄럽게 만들지 않기에 적당한 수라고 할 수 있었다. 내가 노 젓는 임무를 담당했고, 끼라띠 여사는 편하게 앉아 있었다. 즐겁게 대화가 오갈 때는 배가 혼자서 떠 있도록 그냥 내버려 두었다.

달이 밝게 빛나서 하늘이 환했다. 물 표면을 보든 눈을 들어 공원의 다종다양한 식물들을 보든 전부 눈을 즐겁게 해 주고, 마음을 즐겁게 해 주었다. 끼라띠 여사 역시 즐겁게 주변을 감상했다. 그리고 이런 시간의 자연이 얼마나 아름다운지 끊임없이 내게 들려주었다. 나는 그녀의 묘사에 모두 동의했다. 하지만 나는 그 점을 즐길 수가 없었다. 내 인생에서 달이 빛나는 밤의 아름다움을 수백 번 지나왔지만, 내 눈은 밝은 달빛 아래서 지금 바로 내 앞에 있는 여인의 모습만큼 아름다운 그 어떤 생명체도 마주한 적이 없었다.

그날 밤 공원 나들이의 즐거움을 배가하기 위해 끼라띠 여사는 하얀 비단에 눈에 띄는 붉은 무늬가 있는 기모노를 입었다. 내가 작년 가을에 다카라즈카 공원에서 구경한 커다란 국화꽃처럼 아름다웠다. 달이 구름 사이로 나와 완전하게 보였다. 빛이 비추어 살아 숨 쉬는 국화꽃의 온몸에 닿았다. 끼라띠 여사가 얼굴을 들어 달빛을 받았을 때 산들바람이 불어와 그녀의 머리카락이 달빛 아래서 춤을 추었다. 그녀의 눈동자에 맺혀 있는

물이 반짝거렸고, 나의 모든 관심을 불러내어 바로 그곳에 집중하게 했다.

그녀는 발을 내 쪽으로 쭉 펴서 앉았다. 새하얗고 갸름하면서도 통통한 발이었다. 몸을 조금 뒤로 젖히고 앉아서 긴장을 풀고는 즐겁게 자연의 아름다움을 감상했다.

"놉펀, 이렇게 아름다운 밤이면 마음이 아주 편안하지 않아?" 그녀는 작은 목소리로 물었고, 반짝이는 눈으로 내 쪽을 똑바로 쳐다보았다. 나는 그 아름다운 얼굴에 심취해 있던 중이었기에 흠칫했다.

"저의 표현 방법과 말재주로는 형언할 수 없게 편안합니다." 나는 열정적으로 대답했다.

"그 마음이 자네가 집을 그리워하게 만드나?"

"저는 집을 떠나와 이곳에 산 지 3년이 넘었습니다. 가끔 집이 그립기도 했지만 시간이 갈수록 그리움도 무뎌졌습니다."

"자네는 집을 전혀 그리워하지 않는다는 뜻인가?"

"맞습니다. 적어도 지금 이 순간은요."

"자네는 나와는 정반대로 다르군. 지금처럼 고요한 시간에, 또 자연의 아름다움에 푹 빠져 있을 때 나는 내가 가장 사랑하는 것들을 떠올리지 않을 도리가 없어. 나는 행복으로 가득했던 집에서의 우리 부모님과 동생들을 생각해. 우리 집에서 우리가 함께 살았던 10년 전의 삶을 그려. 당시 내 삶을 떠올려. 행복으로 완전하고 희망으로 가득 찬 삶이었지. 자네는 마음이 아주 강하군, 놉펀. 이런 순간에 집을 그리워하지 않는다니."

나는 그녀의 얼굴을, 마음을 강하게 잡아끄는 그녀의 매력적이고 아름다운 얼굴을 마주하고 있는 시간에는 다른 것을 떠올린 적이 없노라고, 다른 것을 생각하기가 어렵다고 대답하고 싶었고, 거의 말할 뻔했다. 하지만 감히 직설적으로 말할 수는 없었다. 왜냐하면 무슨 이유에서 그렇게 생각했는지 나 스스로도 아직 명확하지 않았기 때문이었다.

"저는 마음이 전혀 강하지 않습니다. 다만 학업에 열중해야만 할 뿐이지요. 또 다른 면을 솔직히 말씀드리자면 저는 지금 여사님께 도움이 되어 드리는 것을 즐기고 있어요." 무엇이 나로 하여금 진심을 드러내게 했는지 알 수 없었다.

"자네, 말을 아주 아름답게 하는 법을 연습했군!"

나는 다른 쪽을 바라보았다. 그녀는 계속 말했다. "자네는 앞으로 몇 년이나 더 공부해야 하지?"

"5년 정도요. 학업을 마치고 나서는 경험을 위해 한동안 이곳에서 일해볼 작정입니다."

"무척 길군. 결국 자네는 일본 사람이 될 수도 있겠고. 아마도 자네가 매우 추앙하는 일본 여성과 결혼하고, 이곳에서 자리를 잡을 테지."

"아, 그건 불가능합니다." 나는 즉각 반박했다. "제가 일본의 발전과 일본 여성을 추앙하는 것은 맞지만 그 이유가 저를 일본인이 되게 할 수는 없습니다. 저는 제가 태국인이고, 아직 다른 나라들에 훨씬 뒤처져 있는 태국이라는 나라의 일원이라는 점을 한 순간도 잊지 않습니다. 나와서 공부하는 것도 태국의 발전을 모색하기 위해서입니다. 저의 궁극적인 목표는 태국에 있습니다. 결혼을 포함해서요."

내가 결혼을 언급한 것은 끼라띠 여사의 말로 인해 내 약혼자인 한 여성이 떠올랐기 때문이다. 그렇다. 그 여성은 단지 내가 태국으로 돌아와 결혼할 것을 보장하기 위해, 또는 내가 일본에서 다른 국적의 여성과 엮이지 말라는 경고를 주기 위해 아버지가 골라 둔 약혼자였다. 그녀는 단지 약혼자일 뿐, 나의 연인은 아니었다. 때문에 그녀를 생각하는 것은 내가 그녀라는 사람 자체를 떠올린다는 의미가 아니라, 장차 나의 결혼생활을 생각한다는 걸 의미했다.

"자네는 칭찬할 만한 큰 뜻을 품고 있군." 그녀는 나를 진심으로 칭찬했다. "태국에서 자네의 결정을 기다리고 있는 두 가지 중요한 일이 있는데, 바로 일과 결혼이지. 자네는 어떻게 계획을 세워 두었는가?"

"제가 아는 한 우리 태국에서 은행 업무 분야는 아직 관심을 가진 사람이 매우 적기 때문에 저는 은행 쪽을 전문으로 공부하려고 합니다. 제 직업은 아마도 그쪽이 될 것 같습니다. 결혼에 있어서는 아직 어떻게 해야겠다는 생각이 전혀 없습니다. 그건 지금 제가 관여하기에는 너무 큰 문제입니다."

내가 결혼에 아무런 계획이 없는 이유는 이미 계획되어 있기 때문이라고 끼라띠 여사에게 분명하게 밝히지 못했음에 나는 마음이 조금 불편했다. 피치 못할 일이 발생하지 않는 한 나는 약혼녀와 결혼해야 할 것이다. 나는 그녀가 누구인지만 알고,

아직 그녀를 사랑하거나 이해해 본 적이 없다. 무슨 이유 때문에 끼라띠 여사에게 그 말을 꺼내지 않았는지 모르겠다. 그녀를 속이려고 작정했던 걸까? 나조차 확신할 수 없다. 어찌 됐건 간에 나는 그녀를 속인 게 아니고, 결혼에 대해 그녀에게 거짓을 말하지 않았다고 생각했다. 내가 그녀를 속이려고 작정하지 않았다는 의미다. 왜냐하면 나는 태국에서 기다리는 약혼자가 있는지에 대한 질문을 받아 본 적이 없기 때문이었다. 그런데 만약에 그녀가 물었다면? 나는 어떻게 대답했을까? 내 심장이 비정상적으로 두근거렸다.

"자네는 아직 젊은데도 어른스럽게 생각하는군." 내 말이 끝나자 끼라띠 여사가 말했다.

그때 우리의 배는 호수 한가운데 고요하게 떠 있었다. 나는 배가 계속 나아가도록 노를 잡고 저었다. 나는 여전히 동요한 상태에 있었고, 우리의 대화를 새로운 이야기로 변화시키기 위해 방향을 틀고 싶었다. 우리 배는 젊은 숙녀 두 명이 타고 있는 배 한 척을 뒤따라가고 있었다. 그들은 나직하게 화음을 맞춰 노래를 부르고 천천히 노를 저으며 고개를 들어 행복한 표정으로 달을 구경했다.

"노래를 듣기 좋게 잘 부르네." 끼라띠 여사가 조용하게 말했다. "보아하니 저 사람들은 노래에 푹 빠진 같아. 엄청 감동적인 노래인가 봐. 자네가 저 노래의 내용을 해석해서 들려줄 수 있을까?"

"사랑 노래가 아니라 위로의 노래를 부르고 있네요. 자신의 위치에 만족하라는 위로의 노래입니다." 두 숙녀가 노래를 끝냈을 때 나는 그녀에게 설명해 주었다. "노랫말은 다음과 같은 의미를 갖고 있습니다. '만일 우리가 벚꽃으로 태어난 게 아니더라도 다른 꽃으로 태어난 것을 배척하지 말지어다. 우리의 종에서 가장 아름다운 꽃이 되기를 바라라. 후지산은 하나지만 다른 모든 산이 가치가 없는 것은 아니다. 만일 사무라이가 못 되었다면 사무라이의 심복이 되어라. 우리는 모두가 선장이 될 수는 없다. 선원이 없다면 우리가 어찌 함께 갈 수 있겠는가? 만일 우리가 도로가 될 수 없다면 인도가 되어라. 이 세상에는 우리 각자를 위한 자리와 일이 있다. 일이 크건 작건 우리는 자리와 할일이 분명히 있다. 만일 태양이 못 된다면 별이 되어라. 만일 남자로 태어나지 못했다면 여자로 태어난 것에 야속해하지 마라. 무엇이 됐건 간에 한 가지가 되어라. 무엇이 되건 문제가 아니다. 우리가 무엇이 되건 간에 가장 잘되는 것이 중요하다.'"

"엄청난 가치가 담긴 위로의 노래군." 내가 설명을 끝냈을 때 끼라띠 여사가 낮게 탄성을 질렀다. "그리고 자네도 아주 훌륭하게 번역했어. 한 번 더 듣고 싶어. 저 두 사람 모두 그 노래를 부를 때 정말 즐거워하는 것 같았어."

"제가 보기에는 여사님께서 여기 도쿄에서 겪는 거의 모든 일에 만족하시는 것 같습니다." 우리가 그 배를 지나친 후에도 나는 계속해서 이야기를 이어갔다. "여사님은 무엇이 가장 좋았는지 저에게 답해 주실 수 있을까요?"

"아름다운 것은 무엇이건 간에 나는 모두 좋아해. 하지만 바로 그거야. 나는 아름다움을 보는 경향이 있어. 거의 모든 것은 관찰할 만하고 구경할 만해. 예컨대 이 호숫가의 잔물결이 이는 수면 역시 나에게는 흥미로워. 나는 아름다움을 사랑해. 왜냐하면 아름다움은 결점과 시듦이 없는 상쾌한 감정을 발생시키기 때문이지."

"그렇다면 닛코와 같이 자연경관이 아름다운 곳에 가서 머무른다면 여사님은 무척 행복하실 겁니다."

"맞아. 나는 아마도 무척 행복할 거야. 나는 닛코에 가고 싶어. 가서 폭포도 보고, 가서 산꼭대기에서 호수에 비치는 달빛을 보고 싶어. 해변 마을을 따라 놀러 다니고 싶어. 가서 젊은 남녀들이 해수욕을 하고 해변을 따라 깔깔거리며 걸어 다니는 모습을 보고 싶어. 공께서 곧 그 장소들로 나를 데리고 놀러갈 거라고 말씀하시는 걸 들었어. 의심할 여지없이 난 아주 행복할 거야." 그녀는 두 손을 모아 손 위에 턱을 괴었다. 그녀는 눈을 이리저리 힐끗거렸고, 힐끗거리는 그 눈에 미소가 스쳤다.

"유럽에도 가 보고 싶어." 그녀는 꿈꾸듯이 중얼거렸다. "나는 특이하고 새로운 아름다움을 보고 싶어. 영국과 프랑스를 여행하고 싶어. 겨울엔 스위스로 건너갔다가 노르웨이로 갈 거야. 가서 오로라를 구경할 거야. 그리고 이탈리아에서 내 여행을 끝낼 거야. 세 명의 거장인 라파엘로, 레오나르도 다빈치 그리고 미켈란젤로의 그림을 감상하면서 로마와 피렌체에서 가장 많은 시간을 보낼 거야."

"여사님은 아마도 아티스트'인가 봐요?"

"나는 미술을 아주 좋아해. 그림 그리기 연습에 시간을 할애해."

"아, 저는 방금 알았습니다." 나는 놀라움과 반가움이 섞인 목소리로 외쳤다. "어쩐지. 그래서 여사님께서는 무엇이든 아름답게 보고, 모든 것을 주의 깊게 관찰했군요. 여사님은 저한테 한 번도 자랑하신 적이 없습니다."

"왜냐하면 나는 자네의 찬사가 무서웠거든. 게다가 아직은 자랑할 실력도 못 되고."

"여사님은 그림을 연습한 지 얼마나 됐습니까?"

"몇 년 됐어. 적어도 5~6년은 됐지. 내가 외롭고 쓸쓸하다는 감정을 느끼기 시작했을 때부터였어."

"만약 여사님이 이탈리아에 가서 훌륭한 본보기를 보고 제대로 훈련받았다면 여사님은 그 세 사람처럼 큰 명성을 얻었을 것입니다."

"자네 또 시작인가? 내가 우쭐대게 만들려고 애쓰지 말게, 놉 편. 그래야 내가 자네와 계속 이야기를 나눌 수 있어." 그녀는 눈과 눈썹을 찌푸리며 나를 나무랐다.

"내가 이 방면으로 연습하는 건 진심으로 미술을 사랑하기 때문이야. 그 외에 또 한 가지 나만의 특별한 이유가 있는데, 바로 무엇인가 한 가지에 관심을 쏟는 것이 외로움을 덜어 주는 데 큰 도움이 된다는 거지. 내 마음이 평온해지고 불안하지 않게 도와준다는 거야. 자네는 정신 활동 역시 잘 때를 제외하고는 늘 움직여야 하는 신체 활동과 마찬가지라는 점을 고려해 본 적이 있나? 늘 무엇인가를 실행하고 무엇인가를 생각해야 하는 것이 우리의 본성이지. 우리는 가만히 멈춰 있지 않아. 만약 우리가 움직임 없이 멈춰 있으려고 노력한다면 심한 고통을 받는 것처럼 느껴질 거야. 자네도 지금 바로 시도해 볼 수 있어. 가만히 손을 내려놓고 잠자코 앉아서 몸을 움직이지 말고 아무 생각도 하지 말아보게. 매우 고통스럽다고 느껴질 걸세. 자네가 움직일 때 그 움직임은 유익하거나 무익하거나 또는 유해하거나 그중 하나를 만들어 낼 거야. 생각도 마찬가지야. 만약 우리가 유익한 쪽으로 헤아리지 않으면 무익한 쪽이나 유해한 쪽으로 사고해 버리게 돼. 나는 만약 뇌가 항상 활동해야만 할 때 우리가 생각을 끌어당겨 한곳에 모아 두는 유익한 미끼를 찾는다면, 삶 또한 가치 있어지고 우리 자신도 어떤 지위를 갖든 간에 자기 인생을 즐길 수 있을 거라 믿어. 불안한 생각을 하는 건 좋지 않아. 불안한 생각은 삶에 싫증을 느끼는 것으로 끝을 맺는 경향이 있지. 나 같은 지위의 여성은 이 방면에서 많은 도움을 필요로 해. 만약 내가 쓸모 있는 쪽으로 생각할 대상이 아무것도 없었다면, 나 역시 의심할 여지없이 무익하거나 유해한 쪽으로 생각했을 거야. 이 점은 일반적인 원칙이지. 그리고 내가 미술을 사랑하게 됐을 때 미술 역시 나의 가장 좋은 친구가 되어 주었다고 말할 수 있어. 내 말이 너무 길었네, 자네가 지루했을 것 같아."

"강연을 듣는 내내 매우 즐거웠습니다." 나는 진지하게 말했다. "저는 여사님의 이야기를 더 듣기를 원합니다. 하지만 왜 저의 진심 어린 찬사가 여사님에게는 무서운 것이 되었을까요? 아니면 제 진심은 이미 무서운 것인가요?"

"자네는 자기 질문에 이미 대답을 다 했네. 내가 뭘 더 대답하라는 거야?"

"여사님은 너무나 똑똑하게 말해요. 모든 면에서 똑똑해요. 저는 한 가지도 따라갈 수가 없습니다."

"아니야. 나는 자네가 걸어가야 할 자신의 길이 있다고 생각해. 자네는 누군가를 따라 걸어갈 필요가 없어. 스스로 자부심을 가져야 해." 그녀는 잠시 멈추고 자신의 기모노 소매를 몸 가까이로 잡아당겼다. 그러고 나서 계속 말했다. "오늘은 전혀 후덥지근하지 않네. 계속 바람이 불어서 나는 발이 조금 시린 것 같아."

나는 목에서 커다란 스카프를 풀어서 그녀의 새하얀 발 위에 덮어 주었다.

"어머나!" 그녀가 소리치고 나서 가벼운 웃음소리가 뒤따랐다. "왜 자네 스카프로 내 발을 덮은 거야? 서로 전혀 어울리지가 않잖아."

"여사님은 여사님의 발이 제 목보다 더 아름답고, 더한 보살핌을 받아야 한다는 사실을 모르십니까?"

끼리띠 여사는 깊은 한숨을 내쉬었는데, 그녀가 나의 찬사에 더 이상 반기를 들고 싶지 않다는 사실을 나에게 알려 주는 행동이었다.

그날 저녁 우리는 제일 늦게 배에서 내렸다. 커다란 호수를 다 둘러봐도 우리 배 한 척 외에 다른 사람들의 배는 보이지 않았을 때 우리는 무척 놀랐다. 다른 사람들이 언제 끝내고 떠났는지 모를 정도로 그 시간을 즐겼다는 점이 웃겼고 놀라웠다. 내가 평소 지니고 다니는 시계를 보고서야 우리가 그 배에서 두 시간이나 보냈음을 알았다.

"우리 어떻게 두 시간이나 있었지?" 그녀는 신기한 듯 물었다.

"저는 여사님께 심취해 있었습니다." 내 대답이었다.

"나는 우리가 기껏해야 한 시간쯤 보냈다고 생각했어."

"저는 단 5분이라고 생각했습니다."

그날 밤 공은 우리보다 30분 정도 더 늦게 집에 돌아왔다. 끼라띠 여사와 나는 공에게 그날 밤에 우리가 밖에 놀러 나간 것에 대해 일일이 알릴 필요가 없다는 데 의견이 일치했다. 그렇게 일치된 의견을 갖는 것에 우리 둘 모두 서로 이유를 설명하지 않았다.

그날 밤 나는 잠을 이루기가 너무나 힘들었다. 머릿속이 온통 끼라띠 여사와의 일로 가득 차 있을 때, 과연 오늘 밤 잠이 들 수 있을지 궁금했다. 몇 가지 질문이 예기치 않게 머릿속에 떠올랐다. 살면서 나는 끼라띠 여사보다 더 매력적이고 아름다운 여성을 만난 적이 있었던가? 끼라띠 여사보다 더 상냥하면서도 명석한 여성을 만난 적이 있었던가? 나는 내가 끼라띠 여사에게 받은 것보다 더 큰 다정함과 친밀감을 내게 준 여성을 만나 본 적이 있었던가? 질문들에 대한 대답은 모두 '없었다'였다. 단호하고 명백하게 부정이었다.

그런데 왜 나는 이런 질문들을 던졌을까? 왜 다른 사람, —좀 더 정확히 표현하자면— 내가 전에 만난 적이 있는 모든 여성과 끼라띠 여사의 아름다움, 지성 그리고 여러 좋은 자질을 비교하는 데 관심을 쏟았을까? 무슨 이유 때문에 이런 질문을 던졌을까? 나는 이유를 찾으려 애썼다. 결국에 나는 이유를 찾았는가?

나의 탐색은 힘을 잃어 갔다. 그 이유가 머릿속에 명확하게 떠오르는 대신, 오히려 헤어질 때 끼라띠 여사에 대해 내가 가졌던 어떤 감정들을 되새겼다. 배에서 내릴 때 그녀는 내가 부축하도록 팔을 내밀었다. 나는 그녀의 손을 잡아 쥐고서 그녀의 발이 배를 떠나 땅을 밟을 때까지 흔들리지 않도록 그녀를 가볍게 부축했다. 그때 하나의 이상한 감정이 갑자기 달려들어 내 심장을 붙잡았다. 지금껏 내 인생에서 경험해 본 적 없는 새롭고 이상한 감정이었다. 그 감정은 마치 강한 손처럼 내 심장을 잡고 흔들어서, 떨림이 거의 온몸으로 느껴질 정도였다. 그 이상한 감정은 평상시 감정을 몰아내고 들어와 잠시 나를 지배했다.

"나 이제 잘 설 수 있어. 내 손을 놓아도 되네."

끼라띠 여사가 말했을 때 내가 여전히 그녀의 손을 꽉 잡고 있음을 깨달았다. 나는 놀라서 작고 부드러운 손을 놓았지만 이상한 감정은 여전히 마음속에서 고동쳤다. 그 조그만 손에 어떤 힘이 숨어 있기에 내 몸에서 나를 잡아 끌어내어 나 자신으로부터 멀리 떠나가도록 했을까? 그녀를 떠나온 지 몇 시간이나 되었음에도 불구하고 그 손길의 어떤 힘이 여전히 내 마음을 단단히 묶어 두고 있었다.

작별을 고하고 돌아갈 때 그녀는 나를 배웅하러 대문 앞까지 나왔다. 내가 작별 인사를 할 때 그녀는 내가 잊고 있던 스카프를 가져와 내 목에 둘러 주었다.

"오늘 밤은 바람이 세네." 그녀가 말했다. "자네 목이 휑하지 않도록 조심해야 해. 만약 자네가 나의 좋은 친구가 되어 주느라 아파야 한다면 내가 많이 미안할 거야."

"내일 여사님께서는 제가 필요할까요?"

"내가 먼저 생각 좀 해 보겠네." 그녀는 즐겁게 대답했다.

"좋습니다. 내일 제가 대답을 듣기 위해 오겠습니다."

"좋아. 자네는 매일 대답을 들으러 와도 되네." 그녀는 행복한 미소를 지었다. 그러고 나서 그녀는 잘 자라고 인사했다. "오야스미나사이', 내 착한 아이여."

"오야스미나사이." 나는 대답했다. 감미롭게 울려 퍼지는 그녀의 나직한 목소리와 부드러운 미소 탓에 심장이 두근거렸다.

이들 장면과 감정이 내 마음을 채웠다. 살짝 열어 둔 창문 한쪽을 통해 달빛이 들어와 내 발을 비추었다. 그 새하얗고 갸름하면서 통통한 발이 다시 한 번 떠올랐다……

6장

이후의 일은 평소대로 흘러갔다. 이상한 일이 있다 해도 그다지 중요한 것은 아니었다. 여름의 끝자락에 가마쿠라에서 내 마음을 고무시키는 새로운 상황이 발생했다.

가마쿠라는 도쿄에서 기차로 한 시간 정도 떨어져 있는 해변 도시다. 삼면이 초목으로 울창한 산으로 둘러싸여 있고 나머지 한 면은 바다로 열려 있다. 아름다운 경치와 함께 역사를 배경으로 둔 도시다. 또한 불교 사원과 신도 사원이 모두 있고, 일본에서 '다이부스'라 부르는 예술적 가치가 높은 아름다운 대형 불상이 있어서 가마쿠라의 명성을 드높여주었다.

토요일과 일요일에 도쿄 사람들은 주로 해수욕을 하며 휴식하고 즐기러 그곳에 몰려갔다. 가마쿠라에 해수욕을 다녀오는 것은 당일치기로도 가능했기 때문이다. 특히 주말에 쉬러 가는 사람들이 취향에 따라 시간을 보낼 오락거리를 고를 수 있도록 해변가를 따라 다양한 놀이 시설이 갖춰져 있었다.

공(公)은 가마쿠라에 가서 5일간 머물기로 결정했고, 끼라띠 여사와 나도 찬성했다. 우리는 수요일에 도쿄에서 출발했다. 우리가 가마쿠라에 도착했을 때는 여름의 막바지라 인파가 사그라들어 있었다. 그러나 가마쿠라를 대표하는 고급 호텔인 카이힌 호텔은 여전히 사람들로 꽉 차 있었다. 내가 사전에 연락해서 방을 예약해 두었기에 우리가 도착했을 때는 모든 편의를 충분히 제공받을 수 있었다. 공과 여사님은 거실과 욕실을 갖춘 더블룸에 묵었고, 나는 싱글룸에 묵었다. 카이힌 호텔의 위엄과 화려함은 두 분 모두에게 매우 만족스러운 것이었다.

호텔에서 공은 우연히 당신의 친구 몇 명을 만났는데, 일본인 부부 한 쌍과 미국인 부부 한 쌍이었다. 대화를 나눌 친구들이 있었기에 공은 끼라띠 여사와 내가 가끔 떨어져 나와 따로 놀러 다니는 것을 흔쾌히 허락해 주었다.

가마쿠라에서 밤낮으로 함께 시간을 보낸 것은 우리의 내적 친밀감을 한껏 더해 주었다. 어떤 날은 우리의 대화가 아침 식탁에서 시작되었고, 어떤 날은 그 전부터 시작되기도 했다. 우리는 거의 항상 함께 있었다. 어떤 때는 공의 친구 모임에 있었고, 어떤 때는 둘이서 낮에 함께 놀러 다녔다. 배를 타러 가기도 하고, 해변에서 신나게 놀고 있는 다른 사람들을 구경하기도 하며 즐겁게 시간을 보냈다. 저녁에 나는 주로 잠시 떨어져 나와 혼자서 해수욕을 하러 갔다. 왜냐하면 그 시간에 공은 해변을 따라 멀리까지 산책하러 가는 것을 좋아했고, 나 역시 그가 당신의 아내와 단둘이 오붓한 시간을 보내는 것이 마땅하다고 생각했기 때문이었다. 그래서 산책을 같이 가자는 공의 권유를 받았을 때, 그것이 자발적인 권유라는 것을 분명히 알 수 있었음에도 불구하고 나는 늘 해수욕을 하면서 자유롭게 놀고 싶다는 이유를 들어 거절했다. 공은 기꺼이 허락했다.

하루는 끼라띠 여사가 나와 함께 해수욕을 하러 내려왔다. 내가 그녀의 말에서 알아낸 바에 따르면 평소 그녀는 해수욕에는 그다지 관심이 없었는데, 그럼에도 불구하고 지금 그녀는 상황을 매우 즐기고 있었다.

태국 여성을 데리고 가서 일본인들과 함께 물놀이를 하는 것에는 한 가지 곤혹스러운 점이 있었다. 바로 일본 여성들은 상체를 가리는 데 그다지 주의를 기울이지 않는 경향이 있다는 점이었다. 그들은 몸에 잘 맞지 않는 수영복에 그다지 신경을 쓰지 않았다. 일본 여성들이 그런 일에 덜 조심하는 데에는 충분히 그럴 만한 나름의 이유가 있을 것이었다. 하지만 해변에 시간을 보내러 간 적이 있는 우리의 태국 여성들은 고개를 돌렸고, 이어서 불평을 내뱉었다. 나는 끼라띠 여사가 이 일에 대해 불쾌해할까 봐 우려했지만 나의 앞선 우려는 다소 빗나갔다. 그녀는 아무런 불평을 하지 않고 놀라움을 표현할 뿐이었다.

가마쿠라에서 우리의 마지막 밤은 일요일 밤이었다. 카이힌 호텔에서 떠들썩하게 무도회가 열렸는데, 이는 매주 일요일 밤 그 호텔의 상시 일정이었다. 이 호텔에 묵지 않는 사람들도 호텔에서 표를 구입하면 참가해서 즐길 수 있었다. 그 일요일 밤 무도회장에는 아주 많은 남녀가 모였다. 일본인 외에도 우리 세 사람을 포함한 대여섯 명의 태국인이 있었다. 이 밖에 유럽인, 미국인 그리고 필리핀 사람도 여러 명 섞여 있었다. 아티깐버디 공은 그날 밤 청년처럼 즐겁게 시간을 보냈다. 공은 때로는 백인 여성과, 때로는 일본 여성과 함께 춤을 여러 곡 췄고, 샴페인도 여러 병 땄다. 끼라띠 여사는 공의 친구들과 두세 곡의 춤을 추고 샴페인도 홀짝거렸다. 나도 전부터 알고 지낸 일본 여성한 명과 두세 곡의 춤을 췄고 마찬가지로 샴페인을 홀짝였다.

그 밤이 우리가 가마쿠라에 머무는 마지막 밤이었기에 끼라띠 여사는 밖으로 산책 나가기를 원했다. 공은 그녀의 의향을 알고 흔쾌히 승낙했다. 그때 그분은 당신의 친구들과 한창 즐기고 있었기 때문이었다.

끼라띠 여사는 나에게 다양한 오락거리를 보러 가자고 권했다. 골프 게임과 스케이트가 있었다. 가게를 따라 오락거리를 보러 다니다가 해변을 따라 산책했다. 시원한 바람을 쐬고, 해변에 출렁거리는 파도 소리를 듣고, 별을 구경했다. 결국 우리는 호텔 안의 정원으로 돌아와 앉아서 쉬었다. 그때 정원에는 내려와 산책하는 사람 두세 명만 있었다. 군중으로부터 빠져나와 자연에 둘러싸여 우리끼리 있을 때 우리의 생각과 감정은 우리 자신의 이야기에 집중되는 경향이 있다. 샴페인이 춤의 부드러움과 섞여 내 마음을 평상시보다 몇 배나 더 즐겁게 만들어 주었다. 룸바를 연주하는 재즈 선율이 무도회장으로부터 울려 퍼졌다.

"공께서는 춤을 무척 즐기고 계시겠군요. 룸바 음악이 너무 신나네요." 내가 말을 꺼냈다.

"그래도 공은 분명 룸바를 추지 않을 거야. 그분 같은 어른에게는 너무 빠른 음악 같아. 하지만 자네처럼 젊은 사람은 아마도 좋아할 테고."

"저는 아직 특별히 어떤 노래를 좋아할 정도로 춤에 관심이 있지 않습니다. 다 똑같이 좋아합니다."

"자네가 슬로 폭스트롯'을 출 때 지켜봤는데, 꽤 잘 춘다고 생각했어."

"그건 제 파트너가 아주 능수능란했기 때문입니다."

"누구인가? 자네 파트너는? 일본 여성은 아니다 싶을 만큼 활달해 보이던데."

"그녀는 대상인의 자녀입니다. 맞습니다. 그녀의 태도는 전혀 일본 여성답지 않아 보여요. 그녀가 미국에서 태어나 그곳에서 열다섯 살까지 살았기 때문이죠. 그녀는 저보다 1년 먼저 일본에 왔습니다. 그래서 별로 일본인 같지 않습니다. 처음 저와 만났을 때 그녀는 아직 일본인들과 잘 어울러지지 못해서 외국인과 사귀고 어울리는 것이 좋다고 말했습니다. 진심이든 아니면 단지 저를 칭찬한 것이든 간에 그녀는 저한테 특히 태국 사람을 좋아한다고 말했습니다. 그녀는 태국인이 귀여운 쪽으로 특이한 뭔가를 가지고 있다고 했죠."

"그녀는 자네를 보고 태국인을 판단한 거야."

"그녀는 저한테 그렇게 말하지 않았습니다. 저 또한 그렇기를 원하지 않았습니다."

"놉편, 자네는 정말 사랑스럽고, 또 마땅히 사랑해야 할 아이야." 이 말에 나는 심장이 떨리는 것을 느꼈다. 내가 미처 대답하기도 전에 그녀는 계속해서 말을 이었다. "오늘 초저녁에 공이 나에게 당신께서는 자네와 내가 서로 친하게 잘 지내는 것을 봐서 매우 기쁘다고 말씀하셨어. 당신께는 자네가 사랑스러운 애고, 내가 자네를 아주 좋아할 거라고 예상한 것이 맞았다고 말이야."

"그분이 진짜로 진심 어린 기쁨을 표현하셨습니까? 정말로 여사님과 제 사이가 친한 것을 싫어하지 않으시는 거죠?"

"무슨 이유 때문에 그렇게 묻는 거야?" 그녀가 되물었다. "우리의 친밀함을 싫어할 만한 이유가 있나? 자네는 뭐 때문에 공의 진정성을 의심하는 거야?"

나는 잠시 어리둥절했다.

"그렇게 물어서 죄송합니다. 저도 무엇 때문에 그렇게 터무니없는 질문을 던졌는지 모르겠습니다. 제가 그분의 호의를 의심할 이유는 전혀 없습니다."

"확신하는가?" 끼라띠 여사가 반문했다.

나는 다시 한 번 어리둥절했고 그녀의 질문에 즉시 대답하지 못했다.

"자네 오늘 밤에 무슨 일이 있었는가? 내 질문에 평상시처럼 술술 대답을 못하는 것 같아." 그녀는 내 팔을 가볍게 쳤고, 우리는 눈이 마주쳤을 때 서로에게 미소를 지어 주었다. "자네는 공이 자네를 질투할까 봐 두려운 거지?"

나는 흠칫했다.

"제가 그렇게 두렵다 생각할 이유가 있습니까?"

"자네는 내가 자네의 의중을 알아 맞혔는지 아닌지 아직 대답하지 않았어."

"여사님은 점쟁이 같습니다."

"무서워 죽겠네." 그녀는 웃었다. "자네는 무슨 이유로 공이 자네를 질투할 거라고 생각했나? 자네는 그분에게 완전한 신뢰를 받아 마땅하지 않은가?"

"공과 여사님이 이 질문에 대답해야 하는 게 아닙니까?"

"자네 마음이 충분히 순수하지 않은 건가?"

"그러네요. 저는 두렵다 생각하지 말아야 합니다."

"맞아. 자네 마음이 충분히 순수하다면 공은 질투할 사람이 아니야."

"저는 그분을 오랫동안 알아 왔습니다. 그분은 매우 친절한 사람입니다. 그래서 여사님도 그분을 많이 사랑하는 것이겠지요."

끼라띠 여사가 아연해지는 쪽이 되었다.

"나는 아이들이 친절한 노신사를 좋아하는 것처럼 그분을 좋아해."

"여사님은 아직 사랑에 대해 제게 대답하지 않았습니다. 제 말은 부부 사이, 즉 남녀 사이의 사랑을 의미했습니다."

"자네는 이미 내가 어떤지, 공이 어떤지 봤어. 우리는 나이 차이가 많이 나. 그건 마치 우리의 사랑 사이를 막는 큰 산과 같아서 우리의 사랑이 만나지 못하게 만들지."

"하지만 나이 든 남자와 젊은 여자 사이의 사랑 또한 존재할 수 있는 거 아닙니까?"

"나는 그 두 부류 사이의 사랑을 믿지 않아. 우리가 그렇다고 스스로 받아들이는 것 외에는 실제로 존재할 수 있다고 믿지 않아. 그조차도 잘못 받아들인 것일 수 있어."

"하지만 여사님은 결혼 생활에 행복해 보입니다. 여사님의 견해에 따르자면 양측의 사랑은 만날 수 없는데 말이죠."

"여자 쪽에서 얻었거나 가졌다고 말하는 행복, 이게 대부분의 사람들로 하여금 늙은 남성과 젊은 여성 사이에서 사랑이 생겨날 수 있다고 믿게 만들지. 게다가 여자는 적당히 안락해질 때 사랑과 관련된 문제에는 관심을 갖지 않는 경향이 있어. 왜냐하면 말이지. 사랑이든 아니든 간에 행복을 가졌을 때 무엇을 더 원할까? 모든 사람이 이런 방식으로 살아. 대부분의 사람들은 사랑이 행복의 어머니라고 믿지. 내 생각엔 그게 항상 진짜는 아니야. 사랑은 인생에 고통 또는 온갖 상처가 생겨나게 할 수도 있어. 하지만 그런 사랑을 가진 사람의 마음에는 영원히 지속되는 달콤한 감로수가 있을 거야. 경이롭게 감동적인 달콤함이지. 나는 아직 이걸 직접 경험해 보지 못했어. 나는 오직 내 믿음에 따라 말하는 거야."

"그럼 여사님은 이처럼 행복하게 살고 있는데 또 무엇을 더 원하시는 겁니까?"

"나는 내가 뭘 더 원한다고 말하지 않았네, —자네가 말하고 싶다고 내가 짐작하는 바대로 말하자면— 나는 지금도 내가 여전히 사랑을 원한다고 말하지 않았네. 나는 갈구하고자 하는 희망을 의미했을 뿐, 사랑을 추구하지 않네. 내게 그럴 권리가 없다는 걸 알아. 하지만 내가 추구하지 않았는데도 불구하고 인생에 사랑이 찾아올지 말지는 나는 알 수도 없고 장담할 수도 없어. 내가 이미 행복할 수 있는 것도 맞겠지만, 사랑 없는 행복 역시 존재할 수 있음을 자네가 제발 믿어 주길 바라네."

"그래서 만약 사랑이 찾아오면요? 여사님은 어떻게 하실 겁니까?"

"아, 나는 이런 질문에 답을 미리 준비해 두지 못했어. 왜냐하면 내 인생에서 절대 일어나지 않을 일이기 때문이지. 이런 문제를 상상하는 게 오히려 나를 불행하게 만들어. 아직 실체가 없거나 꿈에 불과한 것에 대해 걱정하는 것만큼 어리석은 일은 없어. 자네도 잊지 말게. 덤불 속 새 두 마리를 얻기를 바라기보다는 손 안에 있는 새 한 마리를 갖는 게 더 낫다는 걸. 사랑 없이 행복하게 지내는 게 행복 없는 사랑을 갈망하고 근심하는 것보다 나을 거야."

"그럼 공은요? 그분은 여사님을 사랑합니까?"

"나는 그분을 대신해서 대답할 수 없어. 나는 그분이 나를 어여삐 여기는 걸 알아. 그분은 아마도 어른이 아이들을 사랑하는 것처럼 나를 사랑할 거야. 하지만 그건 자네가 듣고자 하는 의미에 따른 사랑이 아니지 않나? 나는 나이 든 남자와 젊은 여자 사이의 사랑을 믿지 않는다고 이미 말했어. 그렇기 때문에 나는 그분으로부터 확고한 사랑을 기대하지 않아."

"여사님 말씀은 그분이 사랑을 원하지 않고, 자기 아내한테서도 사랑을 찾지 않는다는 뜻입니까?

"맞아. 내 말은 그런 뜻이야. 나는 사실 역시 그렇다고 믿어."

"무슨 이유 때문인지요?

"왜냐하면 그분의 사랑은 그분의 노년과 함께 말라 버렸기 때문이야. 사랑할 나이는 이미 그분을 지나가 버렸지. 이제 그분은 어떻게 사랑해야 하는지 몰라. 그분은 나를 사랑할 수 없어. 그분에게는 사랑—내 이상 속 사랑—으로 만들어 낼 것이 없기 때문이야."

"그런데 왜 그분은 여사님과 함께하는 삶에 매우 행복해 보입니까?"

"자네는 정말 빨리 잊어버리는군. 아까 이미 자네에게 말했어. 사랑 없는 행복이 있을 수 있다고. 공 역시 나와 마찬가지 입장에 있어."

"사랑이 아니었다면 그분은 무엇 때문에 여사님과 결혼했을까요?"

"그분은 당신과 같은 사람들이 가질 수 있는 행복을 원했어. 행복은 인간이 인생의 마지막 순간까지, 그리고 어느 나이 대의 삶인지를 한정하지 않고 바라고 추구하는 것이지. 그분은 당신이 행복을 얻을 거라 믿었기 때문에 나와 결혼했어."

"그럼 여사님은요? 여사님은 사랑 때문에 결혼하지 않았다고 했는데, 공과 결혼한 것에 어떤 이유가 있었습니까?"

"내가 왜 그분과 결혼했는지 알고 싶어? 아, 그건 아주 길게 나누어야 할 이야기야. 오늘 밤 우리에게는 그 이야기를 나눌 충분한 시간이 없어." 끼라띠 여사가 일어섰다. "우리는 너무 오랫동안 나와 있었어. 안으로 돌아가지, 놉편. 공이 기다리고 있을 거야." 내가 일어나서 우리가 걸어가기 시작했을 때 그녀가 말을 이었다. "오늘 밤 자네는 나에게 질문을 많이 했어, 놉편. 내가 대답하지 말아야 할 여러 가지 질문에 대답했는데, 나는 자네가 이런 이야기들을 배우고 싶어서 그랬다고 생각하네."

"그렇지 않습니다. 저는 여사님의 삶에 관심이 있었기 때문에 물었습니다." 나는 터놓고 대답했다.

"만약에 자네가 이런 이유 때문에 묻는 줄 알았더라면, 나는 아마 여러 가지 질문에 대답하지 않았을 거야. 자네는 내 사생활에 관심을 가져서는 안 돼."

"여사님도 우리가 아주 친하다는 사실을 부정하지는 않을 겁니다."

"그래도 그게 자네가 내 심중에 관심을 가질 이유가 될 수는 없네."

"하지만 저는 이미 관심을 표현했고, 여사님 또한 제 질문에 모두 대답했습니다."

"내가 속았기 때문이야."

"행복에 속는 것도 포함될 수 있습니다."

"나는 자네한테 질리기 시작했어." 끼라띠 여사는 서둘러 걷도록 내 팔을 잡아당겼다. "좀 더 빨리 걷지. 나는 공이 걱정돼."

7장

우리는 가마쿠라에서 행복한 나날을 보냈다. 특히 마지막 밤이었던 일요일 밤에.

여러분은 그날 밤 카이힌 호텔 정원에서 우리가 나눈 대화를 통해 나와 끼라띠 여사의 관계가 어느 정도까지 진전되었는지 보았을 것이다. 우리의 관계가 얼마나 긴밀해졌는지도. 여러분은 아마 머지않아 어떤 일이 일어나리라 짐작할 수 있을 테다. 여러분이 어떻게 헤아리든 간에 나는 그게 부분적으로만 맞을 거라고 확신한다. 왜냐하면 이야기에서 끼라띠 여사와 함께 중요한 역할을 연기한 나 자신조차도 이상하지만 사실인 이 이야기의 결말을 역력히 잘못 예상했기 때문이다. 현재까지도 쭉 내 마음을 흔드는 오산이었다. 계속해서 이야기를 이어가겠다.

가마쿠라에서 돌아온 후 나와 끼라띠 여사 사이에 관계의 꽃이 활짝 피었다. 우리 둘 다 마찬가지로 서로를 몇 년간 고락을 함께한 친구처럼 느꼈다. 우리는 이 우정이 단지 여름 한철에

피어나 성장했음을 완전히 잊고 있었다. 우리는 우정의 나무가 나무 전체에 아름다운 꽃을 활짝 피우는 것을, 이내 가을의 눈동자가 볼 기회를 가질 거라고 가정해 본 적이 없었다. 볼일을 보러 갈 때나 여러 곳을 구경하러 다닐 때 공(公)과 그분의 아내의 길 안내자일 뿐이었던 초기의 내 위치는 급속도로 바뀌었다. 나는 끼라띠 여사의 일상생활에 필수적인 한 부분이 되었는데, 아마도 그녀의 모든 필요에 가장 중요한 부분이었을 것이다. 내가 그걸 자랑하려는 게 아니다. 오로지 사실에 따라 말하려는 것뿐이다.

나 자신에 대해 말하자면, 나는 내 만족감이 스스로 이해할 수 없게 변했음을 점점 더 확실하게 인식하고 있었다. 처음에는 나역시 예전부터 공을 알고 존경하는 입장에서 그분에게 도움을 드릴 수 있다는 사실에 만족했다. 그 후 그 만족감은 최대한 많이 그분의 아내와 가까이 있는 기회를 얻고자 하는 바람이 되었다. 나중에는 내가 시간을 내어 대부분을 그분과 그의 아내와 함께 어울리러 간 것이 그분을 배려했기 때문이 아니라 나 자신을 생각했기 때문이었음을 나는 고백해야만 한다. 하지만 확실하다! 공은 아마 몰랐을 것이다.

가마쿠라에서 돌아온 후에 나의 바람은 끼라띠 여사가 일본을 떠나 태국으로 돌아가야 하는 시간이 왔을 때, 내가 그 시간과 어떻게 맞설지 자문할 정도까지 멀리 갔다. 나는 끼라띠 여사가 없는 생활과 어떻게 마주할 것인가? 도쿄 역에서 그녀가 떠나가는 모습을 보는 걸 견딜 수 없을 거라 나는 이미 확신했다. 왜냐하면 기차가 나에게 손을 흔들어 인사하는 그녀의 조그마한 손과 얼굴을 싣고 시야에서 빠르게 사라질 것이기 때문이었다. 나는 내가 마지막 순간까지 그녀와 함께 있어야 한다고 이미 계획해 두었다. 그녀와 함께 도쿄를 떠나 배를 타러 고베에 갈 것이다. 열 시간 이상 그녀와 가까이 있을 기회가 생길 것이다. 나는 마지막으로 부두에서 오랫동안 그녀에게 작별을 고하며 손을 흔들어 줄 기회를 가지리라. 항해하는 커다란 배는 그녀를 데리고 기차처럼 빠르고 강력한 움직임이 아니라 느리고 은근한 움직임으로 나에게서 멀어져 갈 것이다. 이는 나의 바람으로부터 지독하고 잔인하게 그녀의 몸을 낚아채 가는 것처럼 느껴질 테다. 나는 바로 그 부두에서 쓰러질 지경이 되겠지. 나는 끼라띠 여사 역시 작별하는 데 최대한 오랜 시간을 보내기를 소망할 거라 믿었다.

이제 내가 도쿄 역에서 만난 온화하고 사랑스러움에도 불구하고 진지한 사람이자 어른으로 보이는 처음의 끼라띠 여사는 내 마음에서 희미하게 사라졌다. 굳이 떠올릴 때에만 그녀의 첫인상을 기억할 수 있었다. 지금 내 마음속에 언제나 들어와 있는 끼라띠 여사의 모습은 친한 친구이자 자신을 표현하는 젊은 여성의 모습이다. 총명하고 나에게 매우 다정한 친구이자, 내가 아는 한 가장 귀엽고 사랑스러운 친구. 나의 외로운 삶에 갖가지 생기를 불어넣어 준 사람. 그렇기에 그녀가 곧 나를 떠나야만 하고 나는 그녀가 없는 채로 앞으로 몇 년을 더 일본에 머물러야 한다고 생각했을 때, 거의 불가능한 일처럼 느껴졌다.

끼라띠 여사의 삶에 대한 비밀은 나에게 거의 전부 밝혀졌다. 만약 내가 알고 싶은 무엇인가가 더 있다면 쉽게 알 수 있었다. 이제 나와 끼라띠 여사 사이에는 내가 그녀에게 묻지 못할 것도 없었고, 그녀가 나에게 대답하지 않을 것도 없었다.

이런 상황은 우리가 단둘이 미타케에 함께 시간을 보내러 가는 날까지 계속되었다. 그날이 오기 며칠 전, 내 마음이 몸으로부터 빠져나가 또 다른 세상으로 여행하는 듯한 느낌이 들었다. 아름다움으로 가득하고 화려하며 더없이 행복한, 난생처음 내 생각 속에 나타난 새로운 세상이었다. 생각의 세상에서 감동적인 기이함은 내 마음을 사로잡았고, 과거를 완전히 잊어버릴 만큼 환희에 넘쳐 보고 즐겼다. 처음에는 내 마음이 내가 익숙하지 않은 세상을 여행하지 않도록 막으려고 노력했다. 나는 감탄스러운 곳인 그 새로운 세상의 어느 곳에 숨어 있는 무서운 것을 만날까 봐 두려웠다. 하지만 이후에 그 세상을 막기란 불가항력이라고 스스로에게 말하면서 노력을 거둬들였다. 나는 새로운 세상의 황홀함에 저항할 수 없었다. 내 청춘의 마음이 자유롭게 여행을 다니도록 풀어 주어야만 했다.

마침내 내가 직접 그 세상을 밟고 들어간 날, 나의 실제 삶이 그 세상의 실체와 닿은 날이 왔다. 나는 등반하여 끼라띠 여사와 나 사이 관계의 에베레스트산 정상에 도달했다. 가장 높은 정상까지 내가 어떻게 올라갔는지 모르겠다. 내가 작정하고 오르려고 했는지 아닌지조차 모르겠다. 나는 전혀 의도하지 않았을 것이다. 이 불같이 뜨겁고 강렬한 감정의 사건은 가을의 선

선한 바람 속에서 아름다운 자연 풍경에 둘러싸인 가운데 미타케에서 일어났다.

여러분은 아마 '미타케'라는 이름을 기억할 것이다. 아마 내가 그것에 대해 묘사한 그림 역시 기억할 것이다. 평범해 보이는 그림에는 시선을 사로잡거나 마음을 끌 만한 그 무엇도 없다. 하지만 이제 여러분은 그 그림 이면의 실제 삶을 만나게 될 것이다.

8장

그날은 일요일이었다. 공(公)은 대사님께 초대를 받아 한 행사에 참석하게 되었다. 그래서 끼라띠 여사는 토요일에 그분께 나와 미타케에 놀러가겠다고 허락을 구했다. 그녀는 나에게 공이 아직 일어나지 않았을 시간인 아침 7시부터 집에 오라고 했다. 우리는 서로를 도와 약간의 음식을 바구니에 담고, 챙겨 가야 할 물건들을 꾸렸다. 끼라띠 여사는 모든 점에서 만족스러운 소풍이 되게끔 준비하는 것에 매우 즐거워 보였다. 우리는 아침 8시 반에 집에서 출발했다. 끼라띠 여사는 출발 전에 다시 한 번 침실에 들어가서 공에게 작별 인사하는 것을 잊지 않았다. 그녀는 환하게 웃으며 나왔다.

"그분은 지금 막 일어났어." 그녀가 말했다. "말씀으로는 준비하는 것을 도와주려 하셨다는데, 우리가 새벽부터 당신으로부터 도망칠 거라고는 생각 못하셨대. 나는 그분께 '어디가 새벽이에요? 8시가 넘었어요!'라고 대답했어. 우리가 그분으로부터 도망

치려고 의도하지는 않았는데. 안 그래? 놉펀." 그녀가 웃었다.

우리가 신주쿠 역에 도착했을 때 역에는 사람들로 혼잡했고, 기차를 기다리는 아이들의 소리가 왁자지껄했다. 끼라띠 여사는 일요일 아침에 기차로 먼 거리를 여행해 본 적이 없었다. 그처럼 큰 축제에 가는 듯한 혼잡한 인파를 봤을 때 무척 놀랐다. 나는 일본인들은 자연을 구경하러 놀러가는 것을 아주 좋아하기 때문에, 일요일 아침에 큰 역이 이런 상태가 되는 건 일상적이라고 그녀에게 설명해 주었다. 자연경관이 아름답고 국가로부터 조성과 보호를 받는 장소들이 근거리와 원거리에 수십 군데 있었다. 그래서 사람들은 취향에 따라 놀러가는 곳을 고를 수 있는데, 저마다의 형편에 달려 있었다. 일요일이나 휴일이 되면 부부나 청춘 남녀끼리, 또 부모가 자녀를 데리고 이런 곳들로 멀리 놀러갔다.

"저는 사람들이 이처럼 삶에 유해하지 않은 방식으로 자신의 여가 시간을 쓰는 방법을 찾는 것이 일본을 강한 나라가 되게 만든 중요한 점 중 하나라고 생각합니다." 나는 결국 내 생각을 말했다. "그들 국가의 정부는 국민이 가장 저렴한 가격으로 또 모든 종류의 편리함으로 이런 가치 있는 휴식을 사도록 권장하고 있습니다. 수입이 적은 사람들도 이 방법으로 휴식을 추구할 기회를 갖습니다. 처음 일본에 왔을 때 저는 아무런 생각이 없었습니다. 이후 여러 해 동안 주의 깊게 관찰하면서 유익한 면을 많이 봤습니다. 대부분의 일본인은 그들의 나라를 잘 압니다. 그들은 근면하고, 아이들은 게으르지도 의기소침하지도 않습니다. 왜냐하면 이 유익한 방식으로 여가 시간을 보내면서 살기 때문입니다."

기차가 역에 와서 멈췄을 때 혼잡하게 기다리고 있던 사람들이 우르르 몰려가 기차에 올랐다. 순식간에 좌석이 다 찼다. 나는 끼라띠 여사가 그들과 자리다툼하게 만들고 싶지 않았다.

"기다렸다가 다음 기차를 타는 게 좋겠습니다." 내가 그녀에게 말했다. "다음 차는 서로 떠밀고 싸울 정도는 아닐 겁니다."

"몇 시간을 더 기다려야 하는 거야? 지루해."

"일본에서는 기차를 몇 시간씩 기다릴 필요가 없습니다. 5분 정도 후에 열차가 또 올 거예요."

끼라띠 여사가 차림새를 정돈하고 화장을 마쳤을 때 또 다른 기차 한 대가 도착했다. 이번에는 우리가 자리를 잡았다. 하지만 그다지 쉽지는 않았다. 여전히 다음 기차를 계속 기다려야 하는 사람들도 있었다. 우리는 2인용 좌석에 나란히 앉았다. 같은 객실의 일본인들이 우리를 관심 있게 쳐다봤다. 왜냐하면 하나는 우리가 외국인이었기 때문이고, 다른 하나는 의심할 필요 없이 끼라띠 여사의 아름다움과 우아함 때문이었다. 그 객차에는 뛰어다니면서 그들의 부모에게 끊임없이 재잘거리는 어린아이들이 여럿 있었다.

"나는 피곤한데 즐거워." 기차가 달리기 시작하고 잠시 후에 그녀가 말했다. "나는 자네가 설명한 대로 좋은 휴식 방법을 고를 줄 아는 일본인이 좋아. 자네가 태국에 돌아갔을 때 태국인이 유익한 방향으로 그들의 여가 시간을 사용하도록 하고 즐거움도 누리도록 만들어 주기를 바라네. 나는 자네가 잘 해낼 거라 믿어, 자네는 유학생이니까. 대부분의 사람들은 유학생의 생각을 곧잘 신뢰해."

"저 역시 그런 얘길 들은 적이 있습니다. 제가 아직 태국에 있었을 때에도 그렇게 느낀 적이 있습니다. 하지만 제가 직접 유학생이 되어 이곳에서 유학생들의 생활을 알았을 때, 저는 우리가 과도한 칭송을 받는다고 느꼈습니다. 유학생들은 이곳에서 태국에는 없는 여러 가지 발전한 본보기를 겪는다는 점에서 우리나라의 대학생들보다 더 나은 기회를 가졌습니다. 하지만 만일 이 좋은 기회로부터 이점을 찾지 않는다면, 우리는 스스로 다른 사람들보다 낫다는 말을 뒷받침할 만한 특별한 자격을 얻을 수 없습니다. 또한 유학생들은 태국의 대학생들보다 더욱 엉망진창으로 행동할 여지가 더 많이 있습니다. 나라가 번영할수록 사람들을 파멸로 이끌고 갈 쾌락이 그만큼 더 많습니다. 여사님께서는 이미 보셨습니다. 우리는 통제에서 벗어나 이곳에 있고, 스스로 여러 가지 유혹과 맞서 싸워야만 합니다. 여사님은 우리가 쉽게 질 수 있다는 점을 볼 수 있을 겁니다. 유학생 모두가 이것을 이겨낼 수는 없습니다. 이기는 사람도 있고 지는 사람도 많습니다. 만약 진다면 우리는 어떤 특별한 자격을 갖출 수 있을까요? 우리에게 태국 사교계에서 남들보다 특별한 자격을 가졌다고 내세우고 다닐 만한 특권이 존재할까요?"

"너무 진지하게 말하는군, 놉펀. 나는 유학생의 사정을 확실히 알지 못해. 그저 내가 들은 대로 말한 거라네. 하지만 자네를 알게 됐을 때 나는 진심으로 유학생을 신뢰하게 됐어. 나는 자네로부터 유학생을 본다네."

"여사님은 저를 너무 칭찬하십니다. 솔직히 말하면 저는 많은 이들이 유학생에게 너무 잘해 주거나 너무 많은 걸 기대하기를 원하지 않습니다. 왜냐하면 만약 그들이 우리에게 실망한다면, 그들은 우리가 그들을 속였다고 탓할 것이기 때문입니다. 여사님도 이미 보셨다시피 제가 여사님을 속일 생각이 전혀 없었음에도 불구하고 말입니다."

끼라띠 여사는 즐거움과 기쁨에 웃었다. 우리는 한참 더 이런 종류의 문제에 대해 대화하고 잡다한 이야기를 나누다가 길 양쪽의 풍경을 감상하기도 했다. 우리의 여정은 한 시간 반 정도 걸렸다. 끼라띠 여사가 조금도 지루하지 않았다고 말한 여정이었다.

그 기차에 탔던 반 이상의 사람들이 우리 둘과 함께 미타케 역에서 내렸다. 역에서 나와 큰길로 들어서자 자연의 아름다움이 물씬 느껴졌다. 넓은 개울과 바위 언덕이 있었고, 우리의 시야에 식물의 푸름이 가득했다. 끼라띠 여사는 무척 행복해 보였다.

우리는 한참을 걸으면서 주변 경치와 상점들을 구경했다. 그러고 나서 한 가게에 들어가 음료수를 마시며 쉬었다. 나는 끼라띠 여사에게 여기는 비교적 사람들이 많이 모이는 곳이고, 이제 우리는 버스를 타고 이동할 것인데, 버스는 개울과 평행으로 달려 미타케산 언덕에 도달할 거라고 알려 주었다. 바로 그곳에서 우리는 자연으로 둘러싸인 고요 속에 우리의 몸을 숨길 것이었다. 그날 우리가 행복을 찾아 놀러 온 목적지였다.

번화가 부근에서 충분히 휴식하고 구경한 다음, 우리는 계속해서 차로 이동했고 40분 정도 걸렸다. 차는 수면 아래에 있는 울퉁불퉁한 돌을 볼 수 있을 정도로 맑고 깨끗한 물이 흐르는 개울과 평행으로 달렸다. 길의 다른 한쪽은 다양한 종류의 크고 작은 식물로 가득한 초목이 우거진 언덕이었다. 차는 달리는 내내 작정하고 산책을 나온 사람들을 지나쳤다. 남녀노소 모두가 걷는 것에 무척 즐거워 보였다.

우리는 정오가 조금 지나서 종점에 도착했다. 종점까지 오는 사람은 많지 않았다. 왜냐하면 지나온 길을 따라 계속해서 일정하게 볼만한 풍경이 있는 휴게소가 있었기 때문인데, 아주 멀리 가겠다고 마음먹지 않은 사람들은 그중에 한 곳을 선택해서 도중에 들르면 됐다. 따라서 우리가 차에서 내려 점차 낮아지는 조그만 길을 따라 걸어갈 때 단 두 사람만이 우리를 따라 걸어왔다. 열두 살쯤 된 아들을 데리고 놀러 온 중년 남성이었다. 그가 자기 아들의 친구로 온 것인지 아들을 그의 친구로 삼은 것인지는 알 수 없었다.

우리가 걸어온 그 길은 아래로 경사가 낮아지다가 마지막에 개울과 바짝 붙었다. 우리는 계속해서 따라 걸은 넓은 개울의 발원지인 폭포 입구에 도착했다. 물살이 바위 위로 세차게 흘러내렸다. 세게 흐르기도 하고 약하게 흐르기도 하면서 점점 넓어지는 개울을 따라 내려갔다. 우리가 걷고 있던 그 길은 높은 언덕으로 둘러싸여 다양한 종류의 초목으로 울창했다. 어떤 때 우리는 물살이 거의 우리 신발을 지나 흐를 정도의 돌덩이 위에 서 있기도 했다. 끼라띠 여사와 나는 그 돌덩이를 따라 건너뛰면서 즐겁게 노는 한 쌍의 아이들이 되었다. 우리 둘 다 완전히 자유롭게 여러 놀이를 즐길 수 있었다. 왜냐하면 그곳은 우리가 또 하나의 세상에 나와 있다고 여길 만했기 때문인데, 우리의 세상에 함께하는 친구는 오로지 물줄기, 바위 그리고 나무들뿐이었다. 너무 뜨겁지 않은 햇살은 우리를 따뜻하게 해 주었다. 중년 남성과 그의 아들은 우리의 시야에서 사라져 다른 곳으로 걸어가 버렸다. 이따금 부부인 남녀 한 쌍이 우리의 세상을 지나갔지만 그리 오래 멈춰 있지 않았다. 그래서 우리는 그 조그만 세상에서 마치 아담과 이브 같았다. 나는 보랏빛 들꽃을 따서 허락을 구하고 끼라띠 여사의 머리칼에 꽂아 주었다. 그녀는 다른 종류의 붉은색 꽃을 꺾어 내 셔츠 단춧구멍에 꽂아 주었다. 끼라띠 여사는 내가 그녀를 자연의 아름다움과 고요함으로 향기롭고 매혹적인 곳에 데려다줘서 정말 행복하다고 말했다. 나도 내가 그녀에게 행복을 가져다주거나 그녀를 행복과 만나게 하는 데 일조해서 무척 행복하다고 이야기했다.

나는 아직도 그날의 감정을 생생하게 기억한다. 내가 얼마나 행복하고 기뻤는지는 의심할 여지가 없었다. 그럼에도 불구하고 가끔씩 어떤 감정이 나의 행복을 방해했다. 그것은 시시각각 가장 강렬한 무엇인가가 일어날 거라는 두려움으로 내 심장을 빠르게 뛰게 했다. 두려움이 가슴속을 오르내렸다. 나는 그걸 꽉 눌러서 밖으로 드러나지 않도록 노력했지만 상당히 힘에 부쳤다. 그것을 완전히 막기는 어려웠다, 그저 기다릴 수밖에. 나는 지쳤고 피곤했고 행복했다.

9장

 점심을 먹고 나서 한참 휴식을 취한 후, 우리는 산허리를 따라 점차 높아지는 큰길을 걸었다. 길가에는 집이 없었다. 저 멀리 앞쪽의 높은 언덕 꼭대기에 오두막집이 네다섯 채 있어 사람들이 살고 있음을 보여 주었다. 그들은 그곳에서 밭을 일구면서 생활해 나갔고, 그 언덕 꼭대기 작은 땅은 그들의 세계였다. 걸어오는 내내 우리는 관광객을 한 명도 만나지 않고 목적지에 도착했다. 우리는 높은 언덕 한 곳의 꼭대기에 와 있었다. 우리는 가지를 뻗고 우뚝 선 삼나무 그늘 아래에 앉아서 쉬었다.

 그곳에서 우리의 시간을 어떻게 보냈는지는 자세히 설명하지 않겠다. 끼라띠 여사의 삶에 대한 모든 것을 명확하게 밝힌 대화의 일부분만 언급하겠다. 나는 우리가 카이힌 호텔 정원에서 이야기 나눈 문제를 다시 한 번 꺼내서 말했다.

 "저는 여사님이 공(公)과 결혼하기로 결심한 이유를 알고 싶습니다."

"자네는 결혼 문제에 관심이 많은 것 같군. 결혼을 위해 준비 중인가?"

"아닙니다." 나는 서둘러 대답했다. "제 결혼을 위해 무엇을 준비하려고 생각한 적 없습니다. 또한 저는 일반적인 결혼 이야기에는 관심이 없습니다. 오직 여사님의 이야기에만 관심이 있습니다."

"왜 자네가 나의 속내인 사적인 일에 관심을 가져야 하지?"

"여사님은 저를 여사님의 진정한 친구로 여긴다고 말한 적이 있지 않습니까? 전부 다 해도 한 명뿐인 것 같지만요."

"그런데 자네는 왜 알려고 하는가?" 그녀는 지친 듯 말했다. "내 삶은 불운한 사람의 인생이야. 내 결혼의 이유는 사랑에 있어 가장 불운한 여자의 이유야. 자네가 들어서 좋은 예가 없어. 그게 내 불운에 대해 자네가 슬프고 안타깝거나 고소하게 느끼게 할 수도 있어. 재미있을 만한 이야기가 하나도 없어. 자네는 내가 현재와 같은 인생을 살고 있을 때 나를 알게 되어 좋은 거야. 그리고 그것으로 족해야 해. 자네는 내 과거의 삶을 너무 많이 알아서는 안 돼. 그 이유 때문에 행복이 경감될 수 있어."

"저는 소심하고 나약한 사람이 아닙니다. 그것이 여사님의 불운과 관련한 이야기라는 사실을 알수록 더 들어야 할 필요가 있다는 생각이 듭니다."

"놉펀, 자네는 최근에 항상 진지한 얘기를 하려 해." 그녀는 애정 어린 미소를 지었다. "나는 자네에게 반항하는 데 자주 실패해."

"여사님의 여동생 두 분은 이미 결혼하지 않았습니까?" 나는 이야기를 진행시켜 나갔다.

"동생들은 나보다 7~8년 먼저 결혼했지. 지금은 자신들의 남편과 —늙은 남편이 아니고— 행복하게 살고 있어. 행복할 뿐만 아니라 사랑으로 자기 남편과 살지."

"무척 속상합니다."

"내 동생들이 그들의 남편과 행복하게 사랑하며 사는 것이?"

"아니요. 그 점은 매우 기쁩니다. 저는 여사님의 경우가 속상합니다."

"이봐. 자네는 나에게 의견을 말하는 사람이길 원하는 거야? 아니면 내 입에서 이야기를 듣기를 원하는 거야?"

"저는 들을 준비가 돼 있습니다."

"자네는 내가 사랑 없이 공과 결혼한 것을 이미 알고 있어." 끼라띠 여사는 이야기를 시작했다. "지금 자네가 나로부터 알고 싶은 점은 왜 내가 사랑하지 않는데도 불구하고 그분과 결혼을 했냐는 것이지. 자네가 이 문제를 확실하게 이해하기 위해서는 내가 먼저 또 다른 중요한 문제 하나를 자네에게 깨우쳐 줄 필요가 있겠어. 바로 왜 내가 처음으로 결혼식에 입장하는 여자로서는 너무 늙은 나이인 서른다섯 살이나 돼서 결혼을 했는가 하는 문제야. 자네는 일반적으로 여자는 스무 살에서 스물다섯 살 사이에 결혼한다는 걸, 또는 아무리 늦거나 나빠도 대개 서른 살을 넘지 않고 결혼해야 한다는 걸 알고 있어. 그런데 무슨 이유로 나는 결혼하기에는 너무 늙은 나이인 서른다섯 살에야 결혼을 했을까? 자네는 내가 여전히 아름다운 젊은 여성으로 보인다는 핑계를 들어 내 편을 들려고 하지 마. 무슨 이유로든 간에 결혼하기에 정말로 너무 늦은 나이라는 사실을 인정해야만 해. 자네는 나한테 이 문제를 물어본 적은 없어. 중요한 문제가 아니라고 여겨서 간과했을 수도 있어. 하지만 나는 그것이 중요하다는 것을, 그리고 '무슨 이유로 사랑 없이 결혼을 했는가'로 이어지는 문제의 근원이라고 여길 만큼 중요하다는 것을 잘 안다네. 마치 구름 한 점 없는 하늘을 바라보듯 자네가 내 이야기를 확실하게 이해할 수 있도록, 자네에게 두 문제 모두의 답을 주겠네. 자네의 갈증이 완전히 사라져 버리길 바라. 그래야 내가 앞으로 성가신 물음에서 벗어날 테고."

끼라띠 여사는 말을 멈추고 그녀의 발끝 가까이에 가부좌 자세로 앉아서 그녀의 말을 관심 있게 경청하는 나를 바라보았다. 우리는 커다란 사각형 꽃무늬 천 위에 앉아 있었다. 몸을 쭉 뻗고 누워서 장난을 칠 수도 있었지만 우리는 그렇게 하지 않았다. 끼라띠 여사는 삼나무를 베개 삼아 기대고 앉아 있었다.

"저는 여사님께서 왜 지금까지 결혼을 망설이셨는지 정말로 알고 싶습니다. 제가 이 질문을 한 적이 없었다는 것이 바보 같네요."

"맞아, 바보 같아. 왜냐하면 자네는 나를 여전히 모든 면에서 젊다고 칭송하기에만 바쁠 뿐이었거든." 그녀는 농담 반 진담 반으로 말했다. "내가 이제 막 결혼한 건 맞지만 결혼을 망설였던 것은 아니야. 이렇게 말하면 자네는 내 아가씨 시절의 삶에 이상하고 놀라운 소설 같은 이야기가 있고, 사랑과의 조우와 슬픔과의 분투가 많이 뒤범벅돼 있다고 혼자 추측할 수도 있을 거야. 자네가 지나치게 복잡하게 짐작하는 데 시간을 허비하지 않도록, 또 다 틀리게 짐작할 수도 있으니 내가 미리 말해 두겠네. 내 인생에는 사랑과의 조우도 슬픔과의 분투도 없었고, 눈물범벅이 되거나 또는 천국에 올랐다가 지옥으로 떨어지는 일 같은 건 없었어. 그런 방식의 흥미진진한 경험도 전혀 없었다네. 내 인생은 그런 것들과는 거리가 멀었지. 내 인생에는 그저 평범한 사건들뿐이었어. 너무나도 평범한 나머지 실망으로 이어졌고, 그게 나를 가장 불운한 여성 중 하나로 만들어 버렸지."

"저는 거스르고 싶지 않습니다. 하지만 저는 여사님의 인생처럼 중요한 문제들로 이루어진 인생에서 놀랍고 특이한 사건이 하나도 숨겨져 있지 않다는 것이 믿기지 않습니다." 나는 궁금증을 억누를 수 없었다.

"내 좋은 사람이여! 자네는 학업을 중단하고 점쟁이를 해야겠어. 항상 내 삶의 이야기를 나 자신보다 더 잘 알거든."

끼라띠 여사가 이야기를 계속해 나갔다.

"내 아가씨 시절 삶의 반경은 매우 좁았다네. 나는 일반적인 평민 아가씨들처럼 재미있게 삶을 즐길 기회가 없었어. 그 여성들로부터 나를 고립시키려 의도하지 않았지만, 사실 나는 고립된 거야. 나는 왕족이 아니야. 그러나 왕족의 자식이었지. 내 아버지는 아직 국가 통치가 바뀌지 않았을 시절'에 진짜 왕족이었어. 자네도 왕족은 대부분 진정한 왕족이라는 것을 알 걸세. 당신께서는 또 하나의 다른 세상에서 살고 계셨지. 아버지는 나를 비롯한 당신의 자식들이 당신과 마찬가지로 진짜 왕족이 되게 하려고 노력하셨어. 나는 학교에서 정식으로 어느 정도 공부했어. 그러다가 아가씨가 되자마자 아버지께서 나를 당신의 세계에 가둬 두셨어. 그분은 외부 세계와의 접촉으로부터 나를 보호하셨지. 나는 그 당시 '궁'이라고 부르던 우리 집에서 나이가 지긋한 서양 여성과 같이 공부했어. 여교사로부터, 그러니까 늙은 서양 여성으로부터 바깥세상 이야기를 배우기도 했지. 나의 늙은 서양 여교사와 우리의 태국 노파는 그다지 차이가 없어 보였어. 그녀의 이야기는 모두 도덕적 덕목과 훌륭한 가정주부 같은 소재뿐이었어. 그나마 그녀가 이 세상에 수국의 지속적인 신선함처럼 나의 젊음과 아름다움을 오랫동안 가꾸고 유지할 수 있는 방법을 알려 주는 『보그』와 『맥콜스』 같은 책이 있다고 나에게 소개해 준 것은 행운이었어.

나는 집에서 서양 여교사로부터 배우기도 하고, 때로는 아버지께서 나를 왕궁으로 보내서 우리의 친척인 몇 분의 높은 공주님 시중을 들도록 하셨지. 나는 아가씨 시절 중 여러 해를 이런 식으로 보냈어. 나 스스로 그 시절이 여성에게 있어 얼마나 소중한지, 그리고 나 자신의 이득을 위해 어떻게 그 시절을 써야 하는지 고민할 기회조차 갖지 못할 정도로 왕족의 세계에서 오랫동안 살아야만 했어. 그 당시 나는 '우리가 외부인의 시선으로부터 우리의 생기 있는 젊음을 보호하고 감추는 것이 옳은 것인가? 그러한 행위로 삶은 어떤 점에서 이득을 얻는가? 우리의 가장 아름다운 시절을 드러내지 않는 것이 현명한가?'를 자문해 본 적이 없었던 것 같아. 나는 그때 거의 아무것도 생각하지 않았어. 왜냐하면 깊이 사유하는 사람이 되도록 훈련을 받지 못했기 때문이었어. 우리에게는 그들이 걷도록 정해 놓은 길이 있었어. 전통 윤리와 풍속에 따라 아주 좁은 길을 걸어야만 했지."

이 시점에서 끼라띠 여사는 잠시 동안 멈췄다. 그래서 나는 기회를 잡아 말했다.

"하지만 제가 아는 여사님은 전혀 그렇지 않습니다. 여사님은 심사숙고하는 사람입니다. 그리고 저 같은 보통 사람들보다 훨씬 더 똑똑합니다."

"제발 내가 자네나 다른 사람보다 더 똑똑하다고 말하지 말게. 나는 그저 다른 사람들과 함께 갈 수 있는 것만으로도 이미 행운이라 믿어. 그 후 몇 년간의 일들이 내가 깊이 생각하는 사람이 되게 도와줬지. 서양 여교사는 자주 좋은 영어책들을 찾아서 내가 읽게끔 해 주었고, 그게 내가 책을 사랑하는 사람이 되는 자극제가 되었지. 더불어 예술을 사랑하고 모든 종류의 아름다움을 사랑했지. 그래서 심사숙고하는 사람이 됐어. 나는 스스로 이미 그러한 성격을 가지고 있다고 여겼어. 당시에 내가 아름다움과 젊음을 돌본 건 단지 스스로의 만족을 위해서였어. 내가 말했잖아. 나는 나 자신에게 커다란 도움이 되기 위해 내 젊음을 어떻게 해 보겠다는 생각이 없었다고 말이야."

"그런 입장에서 저는 여사님이 너무 안됐어요." 나는 이야기 중간에 끼어들었다.

"그런데 미술이 나를 도왔다네." 그녀는 계속해서 말했다. "나는 사색하고 외로워할 시간이 없었어. 거의 하루 종일 할 일이 있었지. 나는 그림 그리기에 관심이 있었고 자네도 알다시피 연습에 많은 시간을 할애했어. 그 일을 즐겼다네. 그 밖에도 매일 해야 하는 일이 또 한 가지 있었는데, 바로 내 미모를 최대한 오래 유지할 수 있도록 가꾸는 것이었어. 나는 규칙적인 일과로 하루에 몇 시간씩을 써야 했지."

"믿을 수 없을 지경이에요." 나는 궁금함을 참을 수 없었다. "여사님은 하루에 몇 시간씩 그리고 매일 무엇을 해야 했습니까? 분을 바르고 화장을 하고 입술을 칠하는 데 한 시간 정도면 충분할 텐데요."

그녀는 미소를 지었고 눈은 즐거움으로 반짝거렸다.

"실제로는 자네가 상상하는 것 이상이야. 자네는 여자들의 일을 다 이해하지는 못할 거야. 자네가 내가 쓸데없는 일에 하루에 몇 시간씩 쓴다고 성급하게 판단해서 비난하지 않기를 바라네. 자네는 여자들을 가엾게 여겨야 해. 여자들이 태어나 세상의 장식품이 되고 세상을 기쁘게 하도록 남자들이 정했어. 그리고 그 역할을 잘 수행하기 위해서 여자는 외모를 소중하게 가꿔 둬야 하지. 물론 이것이 여성의 유일한 역할도 아니고 역할의 전부도 아니야. 하지만 자네는 그것이 우리의 역할 중 하나라는 사실을 부정할 수 없을 걸세."

"저는 이 점에 전혀 이의를 제기하지 않습니다. 왜냐하면 남성은 여성에게서 선량함은 물론 아름다움 또한 추구하니까요."

"더구나 만약 아름다움에 의지하지 않는다면 때로는 여성의 미덕이 간과되어 버리지." 끼라띠 여사가 단어를 강조해서 말했다. "막내 여동생이 결혼을 했을 때 나는 사랑을 동경하기도 했지만 나름대로 희망을 품고 생기 넘치는 삶을 살았어. 그러다 2년 후에 내 바로 아래 여동생이 그녀가 사랑하는 남자와 결혼했지. 그 시기가 바로 '나는 불운한 사람이겠구나'라고 느끼기 시작한 때였어. 당시 나는 스물아홉 살이었지. 내 여동생은 결혼할 때 스물여섯 살이었어. 결혼과 함께 여동생이 얻은 행복은 내 감정을 적지 않게 꿰뚫었어. 놉편, 자네는 내가 나 자신보다 사랑하는 여동생을 질투하지 않았다는 걸 믿어야 해. 하지만 나는 내 운명에 몹시 연민을 느꼈어. 지금도 자네에게 솔직한 감정을 말하기가 힘들다네. 왜냐하면 내가 잘난 척하는 사람이거나 추잡한 생각을 품은 사람으로 보일 수 있기 때문이야. 자네는 스스로 나를 충분히 이해한다고 믿는가?"

"저는 여사님의 진정한 친구입니다. 저는 여사님을 연민하며 가장 잘 이해합니다."

"자네는 나의 도덕을 신뢰하는가?"

"의심할 여지가 없습니다."

"자네는 확신하나?"

"굳건합니다. 조금도 흔들리지 않습니다."

"자네의 확약은 맹세처럼 굳건하군. 그러니 내 감정을 진술하게 설명하겠네." 그녀는 내 머리 너머로 시선을 두었다. 그녀의 눈은 여전히 반짝이고 있었지만 슬픈 빛이 섞여 있었다.

"내가 스물아홉 살이었을 때 나는 여전히 여동생들보다 아름답고 젊게 빛났어. 나는 운이 좋게도 아름답게 태어났어. 하지만 불운하게도 사랑은 없었어. 그리고 내가 동생들보다 더 바깥세상과의 접촉으로부터 보호되고 차단된 것도 바로 미모 때문이었을 거야. 나는 만약 내가 못생긴 여자로 태어났다고 해도 불행하고 재수 없는 사람이 되었을 것이라고는 전혀 생각하지 않네. 하지만 신 또는 어떤 영험한 존재가 나에게 아름다움을 주셨을 때 무슨 이유로 나에게 길을 열어 주지 않았을까? 무슨 이유로 내게 사랑을 주지 않으셨을까? 무슨 이유로 나의 아름다움을 고독함 속에 버려두셨을까? 내가 소중하게 가꾸고 지켜 온, 하지만 많은 여성들은 나만큼 신경 쓰지 않을 것 같은 그 아름다움을 말이지.”

이때에 이르러 슬픈 징후가 그녀의 눈동자에 역력히 묻어났다.

“여동생 둘이 결혼하고 나는 점점 더 외로움을 느꼈어. 하지만 스물아홉 살이던 그 당시 나의 미모와 젊음을 따져 봤을 때, 나는 여전히 내가 사랑을 만나고, 사랑하는 남자와 결혼할 거라는 희망을 품고 있었지. 놉편, 자네는 내가 진실 된 감정을 말하는 것을 추하게 여겨서는 안 돼. 사랑은 최고의 축복이고 인생 최고의 바람이야. 나 역시 다른 사람들과 마찬가지로 사랑과 결혼을 꿈꾸고 갈망했어. 두 여동생이 그런 기회를 얻은 것처럼 나는 새로운 세상에서의 삶을 직접 말하고 느끼기를 소망했어. 나만의 집을 갖고 바깥세상과 교류하기를 소망했어. 내 마음으로부터 다정함과 자애로움을 아낌없이 나눠 줄 어린 자식을 갖기를 소망했어. 내 무릎과 내 팔이 다른 사람에게 도움이 되기를 소망했어. 또한 내가 사랑을 만난다고만 하면 내가 얻을 수 있는 다른 여러 가지 아름다운 소망들을 품었지.

사랑 없이 태어나서 스물아홉 살에 다다른 것은 충분히 불행했어. 그런데 나는 이 일에서 최고로 불행한 사람이었어. 나의 꿈은 현실이 되지 못했다네. 해가 거듭될수록 희망은 점차 사라져 갔지. 그러다 서른네 살이 되었을 때 아티깐버디 공이 나의 고려 대상에 들어왔어.

공과 아버지는 서로 좋아하고 많이 친했어. 나이가 드시자 아버지는 어떤 것도 그다지 심각하게 생각하지 않았어. 그래서 공이 이미 오랜 시간 동안 집에 남아 있었던 당신의 장녀와 결혼하겠다는 의사를 밝혔을 때, 아버지는 공의 뜻대로 하도록 기쁘게 허락하셨지. 아버지는 진정 공의 요청이 내가 결혼이라는 세계로 걸어 들어갈 수 있는 유일한 기회라고 보셨어. 아버지는 내가 거절하면 평생 결혼을 거부하는 것과 같다고 두려워하셨어. 실제로 그랬다면 당신께서는 내 운명에 무척 상심하셨겠지. 나는 아버지가 나를 사랑하고, 다른 모든 자식보다 훨씬 나의 불운을 연민한다는 사실을 잘 알았어. 당신은 내가 어느 정도 행복하기 위해서 결혼하기를 원하셨지. 아버지는 나처럼 예쁜 여자가 배우자 없이 계속 살아가는 일이 견딜 수 있는 것 이상의 마음 아픈 일이라 믿었지. 아버지는 내가 공의 청혼을 받아들이도록 간절히 제안했을 뿐, 최종 결정은 나에게 달려 있었어."

그녀는 눈길을 주어 나와 눈을 마주치자 슬프고도 솔직한 미소를 지었다. 그 미소와 아름다운 한 쌍의 눈에 담긴 슬픔에 내 마음이 약해졌다.

"공의 뜻을 알았을 때 나는 어안이 막혔어. 그리고 내가 공과 결혼을 약속하기를 원하시는 아버지의 간절한 제안을 들었을 때 눈물을 흘렸지. 놀라움과 다른 여러 가지 감정이 섞인 눈물이었어. 아버지는 나를 아주 잘 이해했고, 나를 위로하며 말씀하셨어.

'애야, 나는 너를 무시하지 않아. 나는 네가 너무 가여워. 너는 내 사랑하는 자식들 중 가장 착하고 가장 예쁜 자식이야. 나는 말로 표현할 수 없이 네가 자랑스러워. 네가 아티깐버디 공처럼 나이 많은 남자와 어울리지 않는다는 건 나도 잘 알아. 나는 네가 너에게 적당한 나이와 가문을 가진 네가 사랑하는 남자와 결혼하기를 바라. 하지만 운은 너에게 공정하지 않구나. 나는 너의 선함과 아름다움이 많이 아까워. 그렇지만 이제 너는 곧 서른다섯 살에 접어들어. 아비가 소개한 남자와 결혼하거라, 사랑하는 딸아. 그는 늙었지만 좋은 사람이야.'

나는 아버지와 말을 거의 한 마디도 안 나눴어. 계속 울기만 했지. 아버지는 나를 위로해 주고는 내게 다가와 측은한 마음으로 이마에 입을 맞추셨어. 그러고는 나를 혼자 내버려 두셨지. 그날 밤 나는 머리에서 발끝까지 아름답게 차려입고 침실 거울 앞에 오랫동안 있었어. 내 몸 구석구석을 정성스럽게 관찰했어. 그 몸은 여전히 젊고 흠잡을 데 없이 아름다워 보였어. 나는 여전히 아름다움으로 생기가 넘치는 이 몸이 오십 살 늙은이와 결혼해야 한다는 말인가, 이 아름다운 몸이 사랑이 없고 사랑에 절망하는 근원이 된 게 사실인가, 하고 생각했어. 나는 그게 가능할 거라고 전혀 믿지 않았어. 하지만 내 나이가 얼마인지를 떠올렸을 때 나는 다시 한 번 기가 막혔지. 공의 요청이 내 희망의 소멸을 의미하는 신호이고, 내가 사랑을 만나고 사랑하는 남자와 결혼할 수 있는 기회는 완전히 끝났다는 신호라는 사실을 명확히 깨달았을 때 눈물이 줄줄 흘러 내렸어. 나의 시간은 끝나 버렸어.

그 후 2~3일 동안 아버지는 그 일에 대해 나에게 일절 묻지 않으셨어. 조용히 내 대답을 기다리셨지. 나는 내가 찾을 수 있는 가장 이성적인 시간이라고 생각하는 때를 골랐어. 그 시간에 진지하게 이 일의 대답을 찾았고, 결국 나는 공의 요청을 받아들이기로 결정을 내렸어."

"왜 여사님은 거절하지 않았습니까? 지금까지도 여사님은 젊고 너무나도 아름다운데요." 나는 진지하게 말했다. "만약 조금 더 기다렸다면 여사님은 틀림없이 사랑을 만났을 것입니다. 여사님은 거절해야 했어요."

"놈편은 마치 일이 아직 일어나지 않은 것처럼 말해." 그녀는 희미하게 미소 지었다.

"세상은 너무 잔인합니다." 내가 한탄했다.

"인간은 잔인할 수 있어. 하지만 자네가 지금 주위를 둘러본다면 세상은 사랑스럽지 않아?" 그녀는 말을 멈추고 나를 잠시 쳐다봤다. "내 결정에 대한 이유를 자네에게 말하려고 해."

"저는 이유를 전혀 모르겠습니다. 충분한 이유일 거라 생각하지 않습니다."

"내 좋은 사람이여, 제발 기분 나빠하지 마. 우리는 이미 지나온, 이미 일어나 버린 일을 이야기하는 중이라는 걸 제발 잊지 마. 우리가 서로 언쟁해야 할 부분은 아무것도 없어."

10장

끼라띠 여사는 이야기를 이어 나갔다.

"아버지의 애원과 위로가 고통을 많이 덜어 주었고, 그게 내가 공(公)의 뜻을 고려해 보도록 마음을 굽힌 하나의 이유야. 만약 내가 거절한다면 아버지께서는 매우 실망하고 속상하셨겠지. 하지만 그게 중요한 이유는 아니었어. 커다란 이유는 오직 스스로의 만족감에서 나왔어. 나는 34년이나 되는 시간 동안 좁은 세상에서 살아야 했지. 따분하고 완전히 외롭고 쓸쓸했어. 그런데 조그만 새도 날개가 튼튼해지면 둥지를 떠나 광활한 세상을 구경하러 날아다니지. 나는 사람이고 완전히 자라서 내리막길로 가려고 하는 정도인데, 무슨 이유로 한곳만 쓸쓸히 지키고 있는 걸까? 나는 바깥세상과 익숙하게 접촉하고 싶었어. 인생에서 변화를 맞이하고 싶었어. 34년 내내 해 온 것과는 다른 일상을 누리고 싶었어. 결혼을 빼고는 나의 이러한 바람을 이룰 수 있도록 도와줄 것은 아무것도 없었어. 나는 태어나 사랑을 갖지 못한 것이 가장 불행했어. 하지만 그렇다고 할지라도 내가 인생을 즐기고자 하는 다른 것들로부터 눈을 감고 감정을 닫는 것이 현명했을까?

공은 좋은 사람인데, 내가 그분과 결혼하는 것에서 무슨 손해가 있을까? 그분이 내가 결혼하기에는 너무 늦었다는 것은 사실이지만, 내가 누구를 기다리고 있었던가? 그래, 누군가를 기다리고 있었을지도 모르지만, 그 사람은 누구인가? 나는 그를 어디에서 만날 수 있을까? 사실 그는 아직 태어나지 않았을 수도 있고 얼마 전에 죽었을 수도 있지. 당시에 나는 '진짜'인 것을 많이 열망했어. 공과 결혼하기로 마음을 정했던 것은 그것이 진짜였기 때문이었어. 결혼을 통해 나는 여러 가지 바람을 이뤘어. 또 다른 세상에서 새로움을 알게 되고 익숙해져 가는 것이 희망한 대로 되어 좋아. 비록 사랑은 없지만 나는 적당히 행복해."

끼라띠 여사는 몸을 움직여 똑바로 앉았다. 깊은 한숨을 쉬고서 손수건으로 눈을 훔쳤다.

"놉펀, 나는 마치 자면서 꿈을 꾸는 중에 내가 자네한테 모든 이야기를 들려주는 것 같은 느낌이야. 내가 무슨 쓸데없는 소리를 한 것일 수도 있어. 그러니까 나는 이만 말을 줄일게."

"저는 여사님의 이야기에 완전히 매료되었습니다. 평범한 이야기로 보이는 것도 사실이지만 저 자신을 잊을 만큼 경청했습니다. 제가 이어서 좀 여쭤 보게 허락해 주세요. 여사님은 언젠가 여사님이 공을 사랑할 수도 있을 거라고 생각해 보지 않으셨습니까?"

"내가 그분을 사랑할 수 있는 길은 없다고 자네한테 이미 한 번 이야기한 것 같네만. 그분은 정말 좋으셔. 하지만 내가 늙은 이에게 무엇을 바라겠어? 그분은 배불리 드시고 주무시고 당신의 방식대로 즐겁고 편안하기를 원한다네. 그분의 시간은 당신이 인생에서 어떤 이상을 만들어 내기에는 너무 적게 남았어. 그분은 달빛이나 호수 그리고 구애의 말에도 관심이 없어. 그분은 아름다운 것을 동경할 마음이 없어. 그분에겐 미래가 없어. 과거와 현재만 있을 뿐이야. 자네는 거기에서 어떻게 사랑이 생겨나기를 기대할 수 있지? 시멘트 길에서는 장미꽃이 피어나지 않는다네, 그대여."

"사랑이 없는 행복은 너무 메말라 보이지 않습니까?"

"놉편, 많은 질문으로 나를 너무 속박하지 마. 숨을 못 쉬겠어. 내게 자유를 좀 줘."

그녀는 나와 눈을 맞추고 부드럽고 온화하게 미소 지었다. 눈동자 속 슬픔은 사라졌고 대신 밝게 반짝거렸다. 그녀는 거울을 꺼내 얼굴을 비춰 보고 얼굴과 머리를 손질하며 잠시 시간을 보냈다. 나는 두근거리는 마음으로 그녀를 유심히 바라보았다.

"여사님은 오늘 많이 행복하십니까?" 나는 살짝 떨리는 목소리로 그녀에게 질문했다.

그녀는 대답 대신 사랑스럽게 고개를 끄덕였다. 곁눈질하는 그녀의 눈꼬리는 강한 독성을 가져서 두근거림을 한 층 더 배가시켰다.

"늦은 오후야, 놉편. 우리 돌아갈 준비를 하자." 그녀는 발을 당기고 몸을 움직여 일어나려고 했다. "아, 너무 오래 앉아 있었더니 다리가 저려. 걸어 내려가지 못할 지경인데."

"제가 부인을 안고 내려가겠습니다."

나는 일어나서 다가가 조심스럽게 그녀가 서도록 부축했다. 그녀는 작은 목소리로 나의 도움을 거절했다. 하지만 나는 개의치 않았다. 끼라띠 여사가 똑바로 섰을 때 나는 여전히 그녀의 팔을 잡고 그녀와 바짝 붙어 서 있었다.

"여사님은 많이 행복하십니까?"

"여기서 아래쪽 개울을 바라보면 우리가 아주 높이 올라왔다고 느껴. 나는 내려갈 수 있는 힘을 어떻게 낼 수 있을지 그저 궁금해."

나는 그녀에게 더 가까이 다가가려고 몸을 움직였고 둘의 가슴이 거의 맞닿았다. 끼라띠 여사는 몸을 뒤쪽으로 기울여 삼나무에 기댔다. 우리 두 사람 모두 거친 숨을 내쉬고 있는 게 느껴졌다.

"정오에 아래쪽에서 놀 때 내가 그림 두 장을 스케치해 뒀어."

"저는 이렇게 여사님과 가까이 있을 때 너무나 행복합니다."

"아니, 자네 언제 나를 놔줄 건가? 우리 같이 도와서 물건을 챙겨야 해."

"저는 아직 여사님한테서 떨어지고 싶지 않습니다."

나는 그녀의 몸을 내 몸에 바짝 붙도록 끌어안았다.

"놉펀, 그런 눈으로 나를 보지 마." 그녀의 목소리가 떨리기 시작했다. "날 놔줘. 나는 내 힘으로 몸을 지탱할 수 있을 만큼 충분히 튼튼해.”

나의 얼굴이 그녀의 옅은 분홍색 뺨으로 내려앉았다. 내겐 자신을 통제하고 억제할 수 있는 어떤 힘도 남아 있지 않았다. 나는 그녀를 꼭 끌어안고 몸을 밀착시켰다. 그리고 열정적으로 그녀에게 키스했다. 나는 잠시 이성을 잃고 망각에 빠졌다.

끼라띠 여사는 내 손을 풀어내고 그녀에게서 떨어지도록 나를 밀어냈다. 나는 순순히 받아들였고 순식간에 어린 양으로 변했다. 끼라띠 여사는 나무에 기댄 채 먼 길을 걸어와서 지친 것처럼 헐떡였다. 얼굴의 옅은 분홍색은 마치 태양의 열기에 덴 것처럼 짙어졌다.

“놉펀, 자네는 자기가 무슨 짓을 했는지 모를 걸세.” 그녀의 목소리는 여전히 떨리고 있었다.

“저는 제가 여사님을 사랑한다는 것을 알고 있습니다.”

“이런 방법으로 자네가 나에 대한 사랑을 표현하는 것이 적절한가?”

“적절한지 아닌지 모릅니다. 하지만 사랑은 저를 능가하는 힘을 가졌습니다. 사랑이 저를 완전히 압도했고 제가 이성을 잃게 만들었습니다.”

끼라띠 여사는 슬픈 눈빛으로 나를 바라보았다.

“이성이 없을 때 자네의 사랑을 표현했다고? 자네는 이성이 없을 때 행동하는 것만큼 나중에 후회할 행동이 또 없음을 모르는 건가?”

“하지만 저는 제가 진심으로 여사님을 사랑한다는 것을 확실히 압니다."

"이성을 상실한 사이에 사랑을 표현하는 것이 무슨 의미가 있는가?"

"저는 진심으로 저의 마음과 영혼을 바쳐 부인을 사랑합니다. 제가 행한 것은 마음속에 각인되어 있을 것입니다."

"만약 그것이 진짜로 마음에 각인된다면 자네 인생에 이득이라고 믿는가?"

"사랑에 있어서 우리가 원가와 이윤을 따지는 마음을 가져야 하는 것인가요?"

"자네는 따지지 않을 수 있고, 나도 따지지 않을 수 있어. 하지만 사랑은 우리를 그런 관점에서 볼 수 있어." 끼라띠 여사가 계속 말했다. "자네는 내가 어떤 위치에 있는지 그리고 자네가 어떤 위치에 있는지 생각하지 않았나?"

"저는 이 일을 수도 없이 생각했습니다."

"그런데도 자네는 여전히 방금 전처럼 나에게 행동했지. 자네는 자신이 어처구니없이 행동했고, 이미 나한테 인정한 대로 이성을 잃었다는 사실도 알고 있나?"

나는 서서 고개를 떨어뜨리고 두 손으로 팔짱을 꼈다.

"저는 굉장히 난처합니다. 여사님에게 어떻게 대답해야 제가 만회할 수 있을지 모르겠습니다. 저는 사랑이 저를 능가하는 힘을 가졌다는 사실만 확실히 압니다. 제 행동이 윤리에 어긋났다고 해도 저는 자연법칙의 통제에 놓여 있을 뿐입니다. 피하려고 노력했지만 사랑과 마주했을 때 저는 피해 나올 수 없었고 궁지에 몰렸습니다. 여사님께 부탁드립니다. 제발 이유를 가져와 말하지 마세요. 제발 윤리를 가져와 말하지 마세요. 저는 응수할 방법이 없습니다. 이것들은 자연법칙 이후에 만들어졌습니다. 그리고 우리는 모두 언제나 자연법칙의 통제 안에 있습니다."

"놉펀, 만약 우리 둘이 평생 동안 계속 이 미타케산 정상에서만 살아가는 게 가능하다면 자네의 말은 전부 맞아. 하지만 현실은 잠시 후에 우리가 이 산을 내려갈 것이고, 가서 사람들과 마주한다는 거야. 그리고 머지않아 자네는 학업에 관심을 쏟아야 하고 장래의 삶에 높은 목표로 가득한 계획을 세워야 해. 한편 나도 공에게 충실해야 할 의무가 있어. 모든 곳에서 그분과 함께하면서 그분이 여전히 나를 원하시는 한, 그리고 자신의 역할을 저버리지 않는 한 나는 좋은 아내의 역할에 따라 그분을 내조해야 해. 우리 둘은 곧 헤어져야 하고 각자 도리와 윤리에 엄격한 사회에서 여러 사람들과 어울려야 하지. 바로 그거야. 자네는 어떻게 내가 이런 점을 들어서 자네에게 말하지 못하게 할수 있는가? 자네는 인간 사회가 자네가 들고 나와 변명하는 자연법칙을 받아들일 거라 믿는가? 놉펀, 제발 날 믿어 줘. 자네는 현실을 직시하려고 노력해야 하네. 진짜만이 우리 삶에서 운명의 심판자야. 규범과 이상이 더 아름다울 수는 있겠지만 실제로는 대체로 가치가 없어."

나는 내가 따라잡을 수 없을 만큼 냉철하고 너무나 지적인 여성과 마주해 있다고 느꼈다. 그녀는 지금의 평범한 한 명의 여성인 끼라띠 여사가 아니라 역사 속 인물이어야 했다.

"만약 제가 여사님을 언짢게 만들었다면 정말 죄송합니다."
나는 조용히 말했다. 할 수 있는 다른 말은 없었다.

"자네가 나를 난처하게 만들었네."

"한 마디만 대답해 주십시오. 여사님은 제 사랑을 믿으십니까?"

"난 자네를 믿어. 좋은 사람아."

"여사님은 저의 행동을 강하게 비난하십니까?"

"나는 이미 말했네, 자네가 어떤 짓을 저질렀는지 자네는 모른다고. 언젠가 자네 스스로 답을 찾을 걸세. 그리고 아마 후회할 거야."

"여사님은 저를 미워하기 시작하셨나요?"

"만약 자네가 오늘 한 일을 다시 꺼내지 않는다면 나는 자네를 원래의 놉편으로, 그리고 평생 동안 똑같은 사람으로 느낄 거야."

"제가 계속해서 온 마음을 기울여 여사님을 사랑해도 됩니까?"

"그것은 자네의 정당한 권리야. 그렇지만 시간이 흐를수록 자네는 자신의 뜻으로 그 권리를 포기할 테지."

"저는 여사님을 향한 저의 사랑이 결코 사그라지지 않을 거라 확신합니다."

"자네처럼 어린 나이에 인간은 자기 자신에 대해 매우 자신감을 갖지. 하지만 우리는 계속 결정을 기다려야 하는 존재야. 자네의 자신감에 축복을 비네."

"여사님께서는 여사님의 사랑을 저에게 응하시겠습니까?"

끼라띠 여사는 거의 내 몸에 닿을 정도로 앞으로 다가와 서서 두 손을 내 어깨 위에 올리고 말했다. "내 좋은 사람이여, 나는 자네를 용서했네. 우리 둘은 오늘 일을 잊어야 해. 자네는 원래의 놉편으로 돌아가서 계속 나와 함께 즐겁게 지내야 해. 서둘러서 짐을 챙기고 돌아갈 채비를 하자. 너무 늦게 귀가하면 공께서 걱정하면서 기다리실 거야."

그녀의 목소리가 위엄 가득한 왕녀의 명령처럼 느껴졌다. 나는 반박할 용기가 없었다.

끼라띠 여사는 마지막 말을 던지고는 지체하지 않고 짐을 챙겨 바구니에 담기 시작했다. 나는 팔짱을 끼고 서서 잠시 그녀가 짐을 싸는 데 열중하는 모습을 지켜봤다. 그녀가 다시 한 번 재촉했을 때야 나는 그녀를 도와 짐을 챙기기 시작했다. 돌아오는 길에 그녀는 그 산 위에서 우리 둘의 인생에 새겨진 가장 중요한 사건이 없었던 양 예사롭게 나에게 이런저런 이야기를 꺼내며 대화를 권했다.

11장

신주쿠 역에 도착해 기차에서 내렸을 때 거리는 이미 불빛으로 환했다. 차를 타고 집으로 오는 길에 끼라띠 여사는 나에게 경고의 말을 건넸다. "놉편, 자네 맥이 빠져 보이네. 집에 도착했을 때 행동거지를 조심해야 하네. 그리고 공(公) 앞에 있을 때 불안해하지 마. 우린 돌아오는 게 좀 늦었어. 만약 자네의 태도가 전과 다르면 그분이 뭔가를 생각하실 수도 있어."

"공이 뭐라고 생각할까요?" 나는 조금 놀라서 물었다.

"그분이 뭐라고 생각하실지는 나도 짐작할 수 없어. 하지만 그분이 뭔가를 생각하게 만드는 이상한 행동은 하지 않는 게 좋겠지."

나는 노력하겠다고 답했다. 자동차가 집 앞에 섰을 때 끼라띠 여사는 민첩하게 차에서 내렸다. 내 가슴이 살짝 두근거렸다.

그녀는 나에게 조용히 물었다. "준비됐어, 놉편?"

나는 미소와 함께 고개를 끄덕이면서 그녀에게 내가 충분히 침착한 사람으로 느껴지게끔 노력했다. 하녀가 우리에게 공이 아직 행사에서 돌아오지 않았다고 말해 주었다. 나는 긴 한숨을 내쉬었다. 그때야 내가 정말로 진정됐다고 느꼈다.

그날 밤 나는 9시쯤 끼라띠 여사에게 작별 인사를 하고 집을 나섰다. 나는 곧바로 집으로 돌아가지 않았는데, 왜 집에 돌아가야 하는지 몰랐기 때문이었다. 책을 읽을 정신은 없었고 억지로 잠을 잘 수조차 없었을 터였다. 내 머릿속은 여러 가지 감정으로 활활 타올랐다. 집으로 가는 것은 아무런 소용이 없었다. 끼라띠 여사의 집에서 나온 나는 차를 타고 다시 시내로 돌아왔다. 도쿄는 불빛으로 밝게 빛났다. 우에노 공원 앞에서 차에서 내려 나는 나를 이끌고 넓고 아름다운 공원에 들어가 거닐었다.

나는 무엇을 볼지 아무 관심 없이, 그곳에서 놀러 다니고 있는 사람들이 있는지 보지도 않은 채 걸었다. 그저 걷는 길이 있다고만 여길 뿐이었다. 나는 걸으면서 생각했다. 다리가 아프다고 느꼈을 때 호숫가 정원 바닥에 털썩 주저앉았다. 하루 종일 놀러 다니느라 지친 몸을 길게 뻗어 팔꿈치를 땅에 괴고 누워서 내가 오늘 오후에 미타케산 위에서 끼라띠 여사에게 무슨 짓을 했는지를 떠올리려고 애썼다. 나는 그녀를 꼭 껴안고 열정적으로 키스했다. 나는 그녀에게 사랑을 말했다. 내가 그 정도까지 행동했단 말인가? 대담하게도 내가 깊이 존경하는 아티깐버디 공의 부인인 끼라띠 여사에게 사랑을 말하고 키스했다는 건가? 내가 진짜로 그 정도까지 해 버렸다!

나는 그렇게 행동한 것이 유감인가 행복한가? 끼라띠 여사가 알도록 나의 사랑을 말해 버린 것이 답답한가 아니면 속 시원한가? 나는 이러한 물음들에 단호하게 답할 수 없었다. 스스로도 대답을 바라고 있기는 매한가지였다. 나는 내가 끼라띠 여사를 열과 성을 다해 사랑하고 삼킬 듯이 사랑한다는 한 가지 사실만은 분명히 의식하고 있었다.

내가 끼라띠 여사를 원하는지 아닌지 스스로에게 질문을 던져 보았다. 만약 끼라띠 여사가 없다면 나는 외롭고 쓸쓸하고 무엇보다도 그녀를 그리워할 것이다. 이것을 그녀를 원하지 않는다고 부를 수 있을까? 하지만 그녀가 이미 가정을 갖고 있을 때 그녀를 원한다고 요구할 어떤 권리가 내게 있을까? 그래서 나는 그녀를 낚아채서 가지려고 작정했나? 나는 그런 의도를 품은 적이 전혀 없었다. 먼저 나는 그렇게 행동할 수 있는 위치에 있지 않았다. 나는 아직 학업 중에 있었다. 또한 아티깐버디 공은 내가 존경하는 분이었다. 그 외에도 나는 끼라띠 여사가 오직 나의 사랑과 열망만을 위해, 또는 어쩌면 그녀의 사랑과 열망만을 위해 그녀의 명예를 훼손하는 것을 받아들이리라 생각할 만큼 과감하지 않았다.

때문에 나는 그렇게 행동한 것에, 즉 끼라띠 여사에게 솔직하게 사랑을 표현한 것에 내가 유감인지 행복한지 아직 대답할 수 없었다. 내 머릿속은 희미하고 확실치 않은 온갖 감정과 상념으로 어지러웠다. 결국 나는 그토록 고요한 공원에서 모든 문제에 빠져들어 생각하는 게 적절치 않다는 결론을 내렸다. 나는 우에노 공원을 빠져나와 차를 잡아타고 여전히 인파로 가득 찬 도로를 따라 하염없이 갔다. 목적지 없이 그 도로를 지나치고 이 도로로 나왔다. 결국 나는 차를 세웠고, 너무 천박하고 소란스럽지 않은 한 중간급 카페에 나를 데려다 달라고 요청했다.

사실 나는 이런 장소에 그다지 익숙하지 않았다. 다른 분들의 길 안내자 자격으로 이따금씩 카페에 놀러 온 적이 있었다. 그날 홀로 용감하게 자신을 이끌고 카페로 들어간 이유는 내 머릿속의 갖가지 문제로 인한 어지러움을 완화시키기 위해 변화와 시끌벅적함이 필요했기 때문이었다. 계단을 올라 2층에 가니 얼굴이 예쁘장한 여성 한 명이 쪼르르 달려와 나를 맞이했다. 내가 아주 이따금 한 번씩 이곳을 찾아왔음에도 불구하고 그녀가 나를 기억한다고 말해서 놀랐다. 그녀는 내가 이곳에 왔던 모든 태국인보다 유창하게 그녀의 언어를 구사할 줄 알았기 때문에 나를 확실히 기억한다고 설명했다. 또한 내 언어와 마찬가지로 나의 정중함도 정확히 기억한다고 말했다. 나는 그녀에게 감사의 말을 전했다.

맥주 첫 잔을 마신 뒤 5분 정도가 지나고 나를 뒤따라와 앉아서 내게 맥주를 따라 주고 담뱃불을 붙여 주는 그 여성과 적당히 농탕치며 이야기를 나누었을 때, 나는 어지러움이 점차 사라지고 상쾌해짐을 느꼈다. 상념은 마음을 즐겁게 해 주는 쪽으로 기울어졌다. 끼라띠 여사를 꼭 껴안고 열정적으로 키스할 때의 감정이 내게 다시 나타났다. 맥주를 홀짝거리면서 생각했다. 아! 나는 얼마나 행복한가. 내가 사랑에서 승리하고 끼라띠 여사처럼 매력적이며 똑똑하고 착한 여성의 마음을 얻었다고 이해했을 때, 나는 그 느낌을 즐겼다. 그리고 한 시간 정도 시중들어 주는 여자와 서로 농탕치며 대화했다. 카페에서 나온 나는 이번에는 온갖 문제가 아니라 그 몽롱함 속에서 나를 즐겁게 만들어 주는 맥주의 취기에 젖어 집으로 돌아왔다.

집에 도착하고 나서도 나는 잠을 자지 않았다. 새벽 1시가 지나서야 나는 쓰러져 누웠다. 눈을 감았음에도 불구하고 여전히 한 가지 문제가 나를 따라와 괴롭혔다. 내가 사랑에 승리했고, 끼라띠 여사의 마음을 얻었다고 여긴 것이 올바른 이해였던가? 끼라띠 여사가 나에게 그렇게 말했던가? 나는 그때 끼라띠 여사는 아직 나에게 말해 준 적이 없었음을 떠올릴 수 있었다. 어쨌든 간에 문제는 여전히 모호했음에도 불구하고, 결국 나는 잠이 들었다.

12장

우리가 미타케산에 놀러간 날은 8주차 초의 날이었다. 원래 일정에 따르면 공(公)과 끼라띠 여사는 그 주중의 어느 날 시암으로 돌아가기 위해 도쿄를 떠날 예정이었다. 하지만 미타케에 다녀오고 이틀 후 나는 끼라띠 여사로부터 공이 기꺼이 도쿄에서 2주 더 머물기로 결정했다는 얘기를 들었다. 연장한 기간 동안에 두 가지 중요한 일정이 있었다. 하나는 공과 끼라띠 여사가 온천욕을 즐기고 경치를 구경하기 위해 일본에서 유명한 곳 중 하나인 아타미에 가서 2~3일 정도를 보내는 것이었다. 또 하나는 도쿄에서 고베로 가는 도중에 두 분이 일본의 일류 산업 도시의 발전을 구경하고 일본에서 가장 큰 규모인 다카라즈카 극단을 보기 위해 오사카에서 2~3일을 머무는 것이었다.

남아 있는 날 동안 나는 예전처럼 끼라띠 여사와 아티깐버디 공을 방문해 어울렸다. 물론 끼라띠 여사와 어울리며 그녀의 남편 앞에 있을 때 내가 예전과 같은 떳떳함을 찾을 수 없었음을 고백해야겠다. 나는 자연스럽게 굴기 위해서 항상 나 자신의 행동을 강제하려 애썼다. 당시 나의 두려움과 소용돌이치는 마음은 은밀하게 중대한 범죄를 저지르고 순수한 사람들 무리에 섞여 어울리는 범죄자의 감정과 다르지 않았을 것이다.

나는 끼라띠 여사의 태도가 조금도 이상하게 변하지 않은 것을 보고 매우 놀랐다. 그녀는 남편인 공 뒤에 있을 때나 앞에 있을 때나 상관없이 예전과 마찬가지로 나와 친하게 행동했다. 특히 공 앞에 있을 때 나에게 보여 주는 친밀감으로 인해 나는 수시로 놀랐다. 어쨌든 그녀가 줄곧 나를 자연스러운 태도로 대하는 것은 일종의 안도감을 주었는데, 그녀는 여전히 나의 원래 끼라띠 여사였고, 그녀는 내가 미타케산에서 가장 충격적인 사건을 일으킨 후에도 나를 미워하지 않았기 때문이다.

한두 번 기회가 생겼을 때 나는 그때 일을 다시 꺼내려고 애썼지만, 그녀는 내 말을 막고 답했다. 어느 날 저녁 아타미에서 끼라띠 여사는 나에게 단둘이 산책하러 나가자고 권했다.

"6일밖에 안 남았어요." 우리는 헤어져야 하는 이야기를 하는 중이었다.

"날짜를 계속 세고 있는 거야, 놉펀?"

"저는 매시간, 매분, 아니 거의 모든 호흡을 세고 있다고 할 수 있습니다."

"자네는 우리의 이별에 지나치게 심각해. 좋은 사람이여. 나는 자네에게 충고하고 싶어. 자네는 아마 아플 거야. 감정을 누르려고 노력해야 해." 그녀의 목소리는 다정함으로 가득했다.

이런 목소리는 내 마음을 더욱 깊이 찔러왔다.

"저는 그렇게 하고 싶지 않습니다. 왜 제가 순수하게 저절로 생겨난 사랑, 불쌍하고 애처로운 무고한 사랑을 억눌러야 하는지 이유를 모르겠습니다. 저는 사랑을 그렇게 대할 수 없습니다."

끼라띠 여사는 한숨을 쉬었다.

"우리는 현실을 피할 수 없어, 놉펀."

"무슨 현실이요?"

"지금으로부터 6일 후에 우리가 헤어져야 한다는 현실."

"매우 잔인한 현실입니다!" 나는 성이 나서 말했다.

"그렇기 때문에 내가 자네에게 감정을 억제하라고 부탁하는 거야. 제발 날 믿어 줘, 좋은 사람아."

"노력하겠습니다. 하지만 소용없을 거라 생각합니다."

"우리는 절대 만나지 말았어야 했어." 끼라띠 여사는 나에게 말한다기보다는 스스로에게 신음하듯이 말했다. "우리의 시작은 너무나 좋았어. 하지만 그런 시작이 마지막에는 오히려 우리를 고통스럽게 만들고 말았어."

"그것이 여사님도 고통스럽게 합니까?"

"나는 자네가 불쌍해서 마음이 아프네. 자네가 나에게 너무 진심이라서 불쌍해."

"저는 진정성이 진실한 사랑의 중요한 특징이라고 생각합니다." 나는 조금 딱딱한 목소리로 말했다.

끼라띠 여사는 차분한 태도로 예사롭게 말을 계속했다.

"만약 내가 처음부터 어떻게든 자네가 나를 좋아하지 않게 했더라면 상황이 지금처럼 되지 않았을 텐데."

"하지만 저는 지금 제 위치에 완전히 만족합니다. 비록 사랑이 저를 아무리 괴롭힌다 해도 사랑은 여사님의 말대로 인생에서 최고의 축복입니다. 제가 여사님을 사랑하는 것, 마음과 영혼을 바쳐 사랑하고 진심으로 사랑하는 것과 마찬가지로 여사님도 사랑의 특징으로 저를 사랑하는 거라고 제가 오해한 거 아니지 않습니까?"

"제발 날 믿어 줘, 놉편. 자네는 감정을 억제하려고 노력해야 해."

결국 나는 아타미에서 함께 시간을 보내는 동안 그녀의 입에서 명확한 대답을 듣지 못했다.

***

우리는 오사카 호텔에서 이틀을 묵었다. 끼라띠 여사와 나는 단둘이 작별의 대화를 나눌 기회가 없었다. 우리가 고베로 떠나기로 한 날인 다음 날 새벽에 끼라띠 여사가 와서 내 객실 문을 두드렸다. 내가 문고리를 벗기고 문을 열었을 때, 그녀는 내가 잠옷 차림이 아니라 감청색 모직 양복에 조끼를 입고 넥타이까지 갖춰 매고 있는 모습을 보고 놀랐다.

"나는 자네가 아직 안 일어났을 줄 알았는데. 우리 어젯밤에 늦게 잠자리에 들었으니까. 그런데 자네 차려입고 어디를 가려는 거야? 9시 전에는 출발하지 않을 건데."

"알고 있습니다. 그런데 잠이 안 와서 일어나서 세수하고 옷을 차려입었습니다. 그리고 좀 이따가 아래로 산책하러 내려가려고 생각했습니다. 가슴이 너무 답답해서요."

"오늘은 날씨가 평소보다 더 추워. 그리고 밖에 안개가 짙게 꼈네. 지금은 자네가 밖에 나가지 않았으면 좋겠어."

"아닙니다. 저는 지금은 밖에 안 나갑니다."

나는 문을 닫고 끼라띠 여사를 따라 걸어와서 침대 근처에 있는 책상 앞 의자에 앉았다. 한편 끼라띠 여사는 침대 가장자리에 앉았다. 나는 그녀가 이른 아침부터 나를 보기를 원하는 무슨 중요한 볼일이 있는지 좀 의아했지만, 아침 일찍부터 그녀의 얼굴을 봐서 너무나도 기뻤다.

우리가 헤어지는 마지막 날인 그날 아침, 끼라띠 여사 앞에서 내 심장은 격하게 뛰었다. 나는 슬픔으로 차분하게 앉아 있었고, 끼라띠 여사 역시 어떤 말도 꺼내지 않았다. 우리는 침묵 속에서 30초 이상을 흘려보냈다.

마침내 그녀가 우아하게 말을 시작했다.

"우리는 9시 반에서 10시 사이에 오사카를 떠나 고베에 가서 점심식사를 할 거야. 그곳 태국 친구의 초대로. 배의 출항 시간은 오후 2시야."

마지막 문장을 들었을 때 나는 갑자기 숨이 막혔다.

"고베에 도착하면 우리는 아마도 계속 의전 체계에 있을 거야." 그녀는 처음과 마찬가지로 우아하게 계속 말했다. "우리는 아마 더 이상은 단둘이 있을 시간이 없겠지."

그녀는 잠시 멈췄다. 나는 침을 삼키고 그녀의 눈을 피했다.

그리고 그때 내 눈은 여러 차례 깜박거렸다.

"나는 우리가 특별하게 작별 인사를 나누기 위해 자네가 10분 정도는 원할 거라고 생각했네. 그래서 아침부터 자네를 찾아왔어."

그녀의 목소리는 차분했다. 나는 더할 수 없이 감격했다.

"저는 이런 시간이 오기를 너무나도 갈망했습니다. 저에게 기회를 주신 여사님에게 정말로 감사합니다." 나는 그렇게만 말하고 가만히 있었다.

"자네는 졸업해서 소망을 이루도록 열심히 공부해야 하네. 태국에 있으면서 내가 자네를 위해 기도하겠네."

"항상 저를 생각해 주십시오. 저의 사랑에 공감해 주세요."

"나는 그대로 할 것을 약속하겠네. 그리고 다른 건 없는가, 놉펀?"

"하고 싶은 말이 백만 마디쯤 더 있지만 시간이 부족합니다. 저는 여사님이 그 백만 마디의 내용을 이해하실 수 있도록 딱 백 마디만 고르고 싶습니다. 그런데 아직 아무런 말도 떠오르지 않습니다."

"자네가 할 수 있는 만큼만 말하게. 나머지는 내가 자네의 눈에서 읽겠네."

나는 한층 더 커진 슬픈 감정으로 그녀와 시선을 마주했다.

"제발 읽어 주십시오. 저는 아직도 뭐라고 말해야 할지 모르겠습니다."

우리는 잠시 동안 서로의 눈을 바라보았다. 결국 끼라띠 여사가 일어나 다가와서 내 옆에 섰다. 손을 가져다 내 어깨를 붙잡고 말했다.

"내 좋은 사람이여. 마지막으로 내 조언을 받아들이길 바라. 자네는 나를 사랑하기 위해서가 아니라 학업을 위해 조국을 떠나 일본에 왔어. 자네의 목표를 정확하게 기억해야 하고 견고하게 잡고 있어야 하네. 지난 두 달 동안 자네와 나 사이의 관계는 잊어버리게. 그건 꿈이라고 생각하게."

나는 손을 뻗어 그녀의 손을 잡고 가볍게 어루만졌다.

"이것이 진짜 피와 살입니다. 이것이 진짜 여사님입니다. 사진이나 꿈속에서의 그림자가 아니라. 어떻게 제게 꿈이라 생각하라고 말하실 수 있습니까? 저는 이 피와 살을 가슴이 찢어지도록 사랑합니다."

끼라띠 여사는 천천히 손을 당겨 빼내고 얼굴을 다른 쪽으로 돌렸다.

"공께서 곧 일어나실 거야. 이제 나는 금방 방으로 돌아가야 하네. 우리의 시간이 거의 다 됐어. 좋은 사람아."

나는 일어섰다.

"여사님은 저를 사랑하십니까?" 묻는 소리는 거의 속삭이는 정도로 작았다.

"나는 자네의 진정한 친구야." 끼라띠 여사가 대답했다. 동시에 그녀는 자신의 목에 두르고 있던 실크 스카프를 벗어서 나에게 건네주었다. "나 대신으로 여기는 것으로 이걸 받아 줘."

그녀는 내게 손을 내밀었다. 나는 눈물을 머금고 힘겹게 슬픔을 참고 견뎌 냈다. 나는 내밀어진 그 손을 보았다. 잡아서 사랑으로 꽉 쥐었다. 그러고 나서 나는 그 손을 들어 올려 입을 맞췄다. 그녀는 순순히 받아들였다.

끼라띠 여사는 고개를 숙이고 서서 잠시 조용히 있었다.

"나는 먼저 방으로 가야 하네. 좀 이따 식당에서 다시 만나. 제발 마음을 잘 다스리길 바라." 말을 마치고 그녀는 나와 눈을 마주친 후 뒤돌아서 천천히 문을 향해 걸어갔다.

***

우리는 오후 1시 반에 부두에 도착했다. 열 명이 넘는 태국인과 일본인 친구들이 공과 여사님을 배웅하러 왔다. 우리는 살롱에서 무리 지어 함께 대화를 나눴다. 나는 어느 누구에게도 관심이 없었다. 그 얼굴을 찍어서 내 가슴속에 묻어 두기 위해 끼라띠 여사만 몰래 쳐다볼 뿐이었다.

마지막 시간이 다가왔다. 배가 기적을 울렸고 배웅하려고 탔던 사람들은 배를 떠나 육지에 오르도록 경고하는 종소리가 울렸다. 공과 여사님은 손을 잡고 그 살롱 안에서 모든 친구와 작별 인사를 나눴다. 나한테 다가왔을 때 공은 오랫동안 악수하고 길게 감사의 말을 전했다.

"자네에 대한 고마움을 잊지 않을 거야. 조카여. 자네는 우리에게 큰 도움을 줬네." 그분이 마지막 말을 했을 때 어떻게 대답해야할지 모를 만큼 먹먹하고 오싹했다. 나는 끼라띠 여사가 와서 작별 인사를 한 마지막 사람이었다. 그녀는 나에게 손을 내밀었다.

"잘 있어, 내 좋은 사람." 그녀는 아주 조그맣게 말했다. 그럼에도 그녀의 목소리는 여전히 떨렸다. 그러고 나서 가만히 있었다. 그녀는 입술을 꽉 다물었다.

"항상 저를 생각해 주십시오. 안녕히 가세요."

"항상 자네를 생각하겠네. 잘 있어."

"잘 가세요." 나는 어금니를 꽉 깨물었다. 내가 가장 사랑하는 여성의 명예를 지키기 위해 다른 사람들이 보는 앞에서 눈물이 흘러내리지 않도록 노력해야 했다.

"잘 있게."

우리는 다른 사람들을 따라 살롱에서 걸어 나왔다. 배에서 떠나려 할 때 공은 다시 한 번 부산하게 작별 인사를 받아야 했다. 그 혼란함 속에서 나는 다른 사람들에게서 떨어져 끼라띠 여사와 가까이 있을 수 있는 1분의 시간을 맞았다.

그녀는 마지막으로 나에게 손을 내밀었다.

"여사님은 저를 사랑하십니까?" 나도 마찬가지로 마지막으로 속삭이며 물었다.

"얼른 내려가, 놉편." 말하고 나서 그녀는 손을 들어 잠시 동안 얼굴을 가렸다. "얼른 가. 나는 가슴이 찢어질 것 같아."

그녀는 아래 입술을 깨물었다. 나도 똑같이 했다. 우리 두 사람의 눈에 눈물이 고였지만 아직 흘러나오지는 않았다. 온 힘을 다해 울음을 참았다.

"안녕히 가세요." 나는 마지막 말을 속삭였다.

그녀의 손을 놓았을 때, 내 심장이 그 아름다운 손바닥에 붙어 버린 것 같았다.

13장

내가 가장 사랑하고 매일 밤낮으로 붙어 있었던 여인이 멀리, 게다가 자동차나 기차를 타고 가서 만날 수 있는 마을이나 도시로 간 것이 아니라 다른 나라로 떠났다는 사실을 떠올렸을 때, 그리고 5년 정도가 지나기 전까지는 그녀를 만나러 갈 수 없음을 의식할 때, 형언할 수 없는 슬픔이 몰려왔다.

고베에서 기차를 타고 도쿄로 오는 길에 나는 끼라띠 여사에 대한 생각으로 심각하게 상처를 받았다고 느꼈다. 밤중에 이동한 탓에 나는 더욱 사무치게 그녀를 그리워했다.

다음 날 아침 도쿄에 도착하자마자 나는 아오야마 지역으로 가서 그녀의 집을 보러 갔다. 그때의 내 감정은 흡사 내가 끔찍이 사랑했던 사람의 묘지를 방문하는 것 같았고, 마치 끼라띠 여사가 죽어서 나를 떠나간 것 같았다. 가슴 높이 정도 되는 집의 정문은 빗장이 걸려 잠겨 있었다. 나는 빗장을 걷고 문을 열고 자갈길을 따라 천천히 걸어갔다. 조용히 집 주변을 따라 걸으면서 둘러보았다. 우리가 함께 앉아서 놀거나 산책했던 이곳저곳을 회상했다. 집의 문과 창문은 모두 굳게 닫혀 있었고, 어떠한 소리도 없이 적막했다.

나는 포도나무 아래 잔디 언덕 위에 앉았다. 이곳에서 우리 두 사람은 여러 차례 깊은 밤에 끼라띠 여사가 잠자리에 들기 전 대화를 나눈 적이 있었다. 나는 달빛이 환히 빛나는 밤 그녀의 달콤하면서도 날카로운 눈동자를 여전히 기억할 수 있다. 그 매력적인 눈을 바라볼 때면 내게는 늘 애타는 감정이 생겨났다. 내 감정은 끼라띠 여사에 대한 생각에 깊이 빠져서 그곳에 얼마나 오래 앉아 있었는지 기억할 수 없었다. 그날 아침 날씨는 변함없이 흐리고 차가웠으며 햇빛이 없었다. 내가 잔디 언덕에서 몸을 일으켜 세워 다시 한 번 집 주변을 둘러봤을 때, 눈에 눈물이 고인 것이 느껴졌다. 단지 그녀가 머물렀던 곳일 뿐인데도 나에게 사랑과 그리움이 생겨났다.

그날 집으로 돌아와 저녁 식사를 하고 난 후, 평소처럼 응접실에서 집 안의 다른 사람들과 모여 라디오나 음반을 듣거나 대화를 나누거나 신문을 읽는 대신, 나는 그들에게 양해를 구하고 혼자 내 방으로 갔다. 나는 내가 그들에게 전혀 쓸모가 없다고 마음속으로 확실히 느꼈기 때문에 그들과 함께 어울려 쉴 수가 없었다. 나의 신경은 전부 마비되었다. 나는 오직 한 가지 일에만 몰두했다.

나는 끼라띠 여사에 대한 종잡을 수 없는 생각을 진정시킬 방법을 찾고자 노력했다. 참을 수 없을 만큼 머릿속에 꽉 차 있는 생각들을 내버려 두는 대신 밖으로 쏟아져 나오게 할 방법을 찾아야 했다. 하지만 내 감정을 배출해서 알려 주어도 괜찮아 보이는 사람은 아무도 없었다. 내가 끼라띠 여사를 미치도록 사랑하고 있고, 내 아버지 친구의 아내를 미치도록 사랑한다는 사실을 아무에게도 발설하지 않을 만한 이성이 아직은 내게 있었다. 그 같은 발표가 나 자신과 내가 사랑하는 여성에게 해가 되고, 위로와 연민을 받기는 무척 어렵다는 사실을 알 정도의 분별력은 갖고 있었다.

출구는 오직 하나뿐이었다. 바로 나의 미칠 듯한 감정을 그녀가 알도록 풀어놓는 것이었다. 그날 밤 나는 끼라띠 여사에게 편지 한 통을 쓰기 시작했다. 다음은 그 첫 번째 편지였다.

"나의 사랑 여사님께.

여사님의 얼굴이 멀어져 가서 제가 그 얼굴의 아름다움을 더 이상 볼 수 없게 되었을 때 저는 미칠 듯한 그리움으로 거의 정신이 나갔습니다. 조그만 손이 더 이상 흔들 힘이 없어서 흔들기를 멈췄을 때 저는 그 부두에서 거의 무너져 내릴 뻔했습니다. 제가 어떻게 도쿄로 돌아올 수 있었는지 모르겠습니다. 저는 그날 밤 술에 잔뜩 취한 사람처럼 몽롱한 감정으로 도쿄로 돌아왔습니다.

만약 제 감정을 가슴에서 부서지도록 터트리지 않는다면 저는 여사님이 없는 두 번째 밤을 보낼 수가 없습니다. 저는 그리움으로 미칠 지경입니다. 그리움이 마음속에서 솟구치고 있습니다. 저는 그것을 풀어내야만 합니다.

제가 헤엄쳐서 바다를 건너 여사님을 찾아 갈 수는 없지만, 이 편지로 여사님을 쫓아가 제 말을 한 번 더 들어 달라고 부탁드립니다. 이것은 편지가 아닙니다. 여사님. 이것은 진짜 사람입니다. 여사님이 방콕의 집에 도착해서 봉투를 찢고 편지를 꺼냈을 때 여사님은 제발 알아주십시오. 그것은 다른 게 아닙니다. 그것은 바로 여사님의 놈편입니다. 만약 여사님이 그것에 한 번이라도 키스해 주신다면 비록 우리의 몸이 수천 마일이나 멀리 떨어져 있을지라도 저는 그 키스의 달콤함을 느낄 수 있을 겁니다.

제가 이 편지를 쓰고 있을 때 여사님께서는 아마도 모지'를 지나 일본 땅을 벗어나셨을 겁니다. 저는 상상으로 여사님을 보려고 노력합니다. 여사님은 아마도 살롱에 앉아 있을 거예요. 왜냐하면 막 식사를 마쳤기 때문이죠. 그런데 저는 여사님이 많은 사람들 무리에 있는 것을 그다지 원하지 않을 듯해 염려됩니다. 여사님은 공이 선장이나 다른 승객들과 이야기를 나누도록 내버려 두고 여사님 자신은 아마도 배의 갑판 위에 올라가서 혼자 조용히 쉬고 있을 수도 있을 텝니다. 저의 상상은 제가 여사님의 움직임을 후자 쪽으로 보게 합니다.

오늘 밤은 옅은 달빛이 드리워 있지만, 바다 한가운데서는 파도와 하늘의 별 외에는 시선을 던질 것이 아무것도 없습니다. 바다 한가운데 세상에는 하늘과 물만 있을 뿐입니다. 여사님은 무엇을 위해서 갑판 위에 올라와 있습니까? 다른 이들의 방해 없이 조용히 저를 떠올리기 위해서요? 아니면 방콕에 있는 집을 생각하기 위해서요? 아니면 은은한 달빛에 젖고 시원한 바람을 쐬기 위해서요?

아, 저는 너무 어리석습니다! 제 상상은 저의 열망 쪽으로 너무나 쏠려 있습니다. 그것은 제가 들뜨고 마음을 뒤흔드는 쪽으로만 여사님의 운신을 보게 만들었습니다. 하지만 사실 여사님이 이런 밤에 갑판 위에 서서 바람을 쐬고 있는 건 거의 불가능할 것입니다. 그리고 배가 아직 일본 열도에서 그다지 멀리까지 가지 못한 때라 여사님이 견디기에는 너무 추울 겁니다. 여사님이 그렇게 혼자서 추위를 견디며 서 있을 아무런 이유가 없습니다.

만약 여사님이 살롱에 있지 않다면 아마도 배의 아래쪽 측면을 따라 산책하고 있을 겁니다. 너무 강하게 찬바람을 직면할 필요가 없을 때 여사님은 아마 바람을 막는 곳이 있는 선미쪽 난간을 잡고 서서 바다를 내려다보면서 저를 조금 혹은 많이 그릴 수도 있을 겁니다. 여사님의 놉편은 여사님이 내려다보는 모든 곳에 따라가 모습을 드러냈습니다. 여사님은 수면에서 제가 보이십니까? 저는 배를 뒤쫓아 가는 파도처럼 따라왔습니다. 그 파도의 섬광은 바로 저의 눈빛입니다. 여사님은 제가 보이십니까?

만일 어떤 영험한 존재가 있어 제가 한 가지 복을 빌 수 있도록 허락해 주신다면, 저는 변신해서 여사님의 마음속에 들어가 있게 해 달라고 빌 겁니다. 여사님이 무어라 생각하는지, 여사님이 여사님의 놉편을 얼마나 생각하고 있는지 시시각각 알기 위해서요. 그런데 여사님이 저를 전혀 생각하지 않는 것은 분명 아니지 않습니까?

저는 방금 한 가지 잔인한 사실이 있음을 깨달았는데, 그것은 바로 제가 수차례 열심히 물었음에도 불구하고, 여사님은 여사님이 저를 사랑하는지 아닌지를 제가 알도록 대답해 준 적이 없다는 사실입니다. 저는 그러한 침묵이 여사님이 저의 사랑을 거부함을 표현하는 게 아닌 줄 압니다. 하지만 저는 여사님이 분명하게 말해 주는 것을 듣기를 몹시 원하고 갈망합니다. 만약 여사님이 저에게 한 마디라도 사랑을 말해 준다면 저는 평생 받을 수 있는 최고의 축복이라 여길 것입니다. 여사님은 제가 이렇게 간절히 바라는 축복을 주실 수 있습니까?

여사님은 저를 잊지 않겠다고 이미 저와 약속했습니다. 하지만 아셔야 합니다. 저는 여사님이 제가 불쌍하다거나 같이 놀수 있는 어린아이인 양 저를 여기기를 원치 않는다는 것을요. 저는 여사님이 저를, 아, 제가 뭐라고 말하는 게 좋을까요? 이렇게 말하겠습니다. 제가 여사님의 가장 사랑하는 사람 또는 유일한 사랑인 것처럼 저를 생각하도록 소원해도 되겠습니까?

여사님은 지금 제가 이 편지를 미친 상태로 쓰고 있는 것이 아닌지 의심할 수도 있습니다. 저 역시 그의 마음속에 있는 모든 감정으로 누군가를 그리워하고 있는 사람이, 진심을 담아 말하는 걸 미친 상태라고 할 수 있을지 아닐지 모르겠습니다.

저는 이 편지를 빨리 끝맺고 싶지 않습니다. 왜냐하면 편지를 쓰는 동안 제 마음을 여사님의 마음 가까이에 가져갔고, 그것이 비록 지금 이 순간에 여사님이 제게서 얼마나 멀리 떨어져 있건 간에 저를 좀 더 편안하게 만들어 준다고 느끼기 때문입니다.

하지만 저는 무엇을 더 써야 할지 모르겠습니다. 왜냐하면 엄청나게 그리운 마음과 끝이 없는 그리움을 묘사하는 것을 벗어날 수 없기 때문입니다.

그래서 이만 편지를 끝내야겠습니다. 작별 인사를 드리고 자러 가겠습니다. 오야스미나사이, 나의 사랑하는 여사님. 잠을 잘 수 있는 것조차도 아주 큰 복입니다. 그리고 잠자는 동안 틀림없이 여사님 꿈을 꿀 겁니다.

여사님을 너무나 사랑하는,
놉펀."

편지를 다 쓴 뒤 나는 거듭 다시 읽어 보았다. 얼마나 유려하게 썼는지 검토하기 위해서가 아니었다. 유려함을 중요하게 여겨 끼라띠 여사에게 편지를 쓰려는 의도는 전혀 없었다. 반복해서 여러 차례 읽은 것은 내 감정의 감미로움과 절절함을 맛보기 위해서였다. 생기를 되찾고 슬픔을 달래기에 그것으로 충분했다. 극도의 피로감으로 인해 그날 밤 나는 잠들기가 그다지 어렵지 않았다. 온갖 꿈을 꾸었지만, 그것들은 모두 한 가지 일 또는 한 사람에 대해 오만 종류로 만들어진 모습이었다.

외로움과 슬픔을 견뎌 내는 일은 며칠을 못 갔다. 더 이상 견딜 수 없었을 때, 그녀가 아직 바다 한가운데 여정에 있는 동안, 나는 끼라띠 여사에게 또 한 통의 편지를 썼다.

14장

끼라띠 여사가 떠나간 때로부터 한 달 정도 후, 나는 그녀로부터 편지를 한 통 받았다. 편지를 받기 전 며칠간 나는 정상이 아니었다. 매일 오후 학교에서 돌아올 때마다 우편함에 편지가 있는지 확인했다. 그리고 오매불망 기다렸던 편지를 찾지 못했을 때, 나는 항상 집 안의 사람들에게 다시 한 번 물었다. 여러 날 동안 이렇게 하는 것이 일상이 되었고, 집 안 사람들이 의아해했다. 내가 그녀로부터 편지를 받은 날까지 계속 그랬다.

여느 때와 마찬가지로 끼라띠 여사에게 소식이 없어 슬퍼하면서 더없이 쓸쓸한 모습으로 문 앞에 앉아 신발을 벗고 있을 때, 주인집 딸 노부코가 달려와서 나에게 편지 봉투를 건넸다. 봉투 앞면의 필체를 보고는 누구의 것인지 확신했다. 나는 노부코가 깜짝 놀랄 정도로 나도 모르게 급히 발에서 신발을 떨구었다. 얼른 내 방에 들어가서 문을 닫고 누워 혼자 오롯이 기쁘게 그 편지를 읽기 위해서였다. 나는 노부코에게 고맙다고 한 마디를 전하고서 활짝 핀 얼굴로 방에 들어갔다. 끼라띠 여사의 편지는 다음과 같은 내용이었다.

"나의 좋은 사람 놉펀에게.

내가 집에 도착해서 5일이 지나고 자네의 편지 두 통을 받았네. 자네가 서로 다른 날 쓴 것은 맞지만 그것들이 같이 도착했다네. 사실 자네한테서 편지가 오건 말건 기다리지 않고 내가 자네한테 편지를 써야 했어. 왜냐하면 내가 도쿄에 가서 머무는 내내 나에게 보여 준 자네의 매우 값진 도움과 호의에 서둘러 감사를 전해야 했기 때문이지. 내가 자네에게 감사하지 않을 한 가지는 자네가 나에게 지나치게 관심을 가져 주는 점이야.

나는 이렇게 빨리 자네에게 편지를 받으리라 생각하지 못했어. 혹시 내가 편지를 늦게 썼다고 비난할 텐가? 아니면 자네가 나한테 너무 빨리 썼기 때문인가? 내가 걷는 거라면 자네는 날아. 그건 서로 비교하기 어려운 거 아닌가? 나는 자네가 나를 탓하지 않기를 바라네.

어쨌든 나는 자네에게 보답으로 좋은 일을 했는데, 바로 자네의 편지를 받은 바로 다음 날에 이 답장을 쓰는 거라네. 놉편은 내가 바로 그날에 답장을 썼어야 한다고 말할 만큼 성급하지는 않을 거야. 만약 자네가 이 사이에 조바심이 났다면 방콕의 집에서 내가 자네처럼 자유롭지 않다는 사실을 잊지 말아 주게. 내가 하는 잡무가 적지 않게 있어. 아마 자네는 예상하지 못할 거야.

나는 자네가 편지에서 표현한 열렬함은 늦가을의 추위가 자네 마음에 닿지 않은 것 같다고 느꼈어. 마치 자네가 방콕에 몰래 와서 그 편지를 쓴 것 같아. 만약 자네가 아직 열렬함을 식히지 못했다면, 나한테 편지를 쓸 때에는 냉동고 속에 들어가거나 그렇지 않으면 기다렸다가 겨울에 눈이 내리는 곳에서 쓰라고 조언해야겠어.

내가 이렇게 말하는 것은 자네의 편지를 우습게 봐서가 아니라네. 나는 자네가 너무너무 가엾고 불쌍해. 불쌍해서 가슴이 찢어질 지경이야. 하지만 나는 그런 광기가 나의 놉편을 불행하게 만들 거라는 사실을 알아. 나는 무슨 일이 있어도 자네가 행복했으면 좋겠네.

여정 중에 내 마음은 비교적 평온했어. 나는 열심히 시간과 날짜를 세면서 집에 도착할 시간을 기다리지 않았어. 보통 채 몇 달 안 되는 시간 집을 떠나온 사람들의 일반적인 태도지. 또 다른 이유는 방콕에 내가 매시간, 매일 오매불망하는 사람이 없다는 거야. 아버지와 동생들이 보고 싶긴 했지만 오매불망하는 것은 아니었어. 그저 일반적인 그리움이었지.

그렇지만 자네에게서 떠나온 것에 내 마음이 그리 평온하지 않았음을 나는 인정해야만 해. 나의 떠남이 자네를 여러 날 동안 외롭고 슬프게 만들었을 줄을 알아. 자네가 편지에서 묘사한 감정은 내가 걱정한 이상이었어. 내가 바라는 한 가지는 자네가 그 외로움과 슬픔을 억누를 수 있을 거라는 점뿐이야.

나에 대한 강렬한 감정은 적당한 때가 되면 점차 사라져 갈 것이고, 결국 나는 자네 인생에서 중요한 무엇이 아니게 될 거야. 그러면 족쇄 없이 아름답고 순수한 청년의 감정과 행복이 예전처럼 놉편의 마음으로 돌아올 거야. 나는 그 시간을 기도하며 기다려.

자네는 두 통의 편지에서 자네의 감정에 대해 묘사한 것이 자네를 내가 연락하는 데 조심해야 할 청년으로 만들었다는 것을 아는가? 자네는 더 이상 내 최고의 젊은 친구 놉편이 아니야. 자네의 아이 같은 사랑스러움은 거의 사라져 버렸어. 자네가 제법 무서운 장부가 된 것 같았다네. 편지에서 나는 내가 처음에 만났던 놉편을 거의 기억할 수 없었다네.

부탁할게, 내 어린 친구여. 자네의 이성을 되찾으려고 노력해 줘. 자네는 감정을 확고하게 통제해야 해. 자네는 그럴 수 있을 만큼 충분히 강한 성격을 갖고 있어. 만약 자네가 그것을 놓지 않는다면, 그것은 불행한 사람이고 운명이 버리고 오랫동안 돌아보지 않은 사람이자 지금도 누군가의 갈망의 대상에 있을 수 없는 그 여인을 자네가 울면서 그리워하는 너무나 가슴 아픈 슬픔이 될 걸세.

비록 모든 사람이 그 여인에 대한 자네의 사랑을 받아들이고 용서한다고 해도 자네는 그 애절한 그리움이 자네에게 정말로 무의미한 것임을 알아야 해. 자네의 욕망이 현실이 될 수 있는 방법이 없을 때, 나를 애절하게 갈망하는 것이 무슨 소용이야? 대양이 자네에게서 나를 막고 있는 거야? 자네는 자네와 나를 서로 다른 세계로 갈라놓은 것은 바로 나에게 공(公)이 있기 때문임을 잘 알고 있어. 우리는 서로 만날 수 있는 방법이 없어. 자네도 충분히 잘 알고 있지 않은가?

놉펀, 자네는 왜 계속해서 나를 갈망하는가? 나는 자네를 도울 수 없어. 이 세상에 자네를 도울 수 있는 사람은 아무도 없어. 인생은 가는 길이 있는 것이 사실이지만, 천지의 신들이 이미 인생의 가야 할 길을 정해 놓았어. 나는 자네가 나를 그리워하는 것을 금하지도 않고 부탁하지도 않네. 하지만 자네가 나를 자네의 사랑하는 친구나 자네의 누나를 그리워하는 것처럼 예사롭게 그리워해 주길 부탁해. 나는 자네가 맹렬하고 뜨거운 그리움으로 나를 생각하지 않기를 부탁해. 나의 몸과 마음을 자네의 소유물로 삼고자 하는 욕망으로 그리워하지 말아 줘. 자네는 이미 스스로 불가능한 일을 원한다는 것을 알고 있어.

제발 자네의 본디 자리로 돌아가, 사랑하는 어린 친구여. 책과 빛나는 명예로 가득 찬 직업 생활에 대한 꿈으로 돌아가게. 자네는 인생길에서 한때 잠시 빠져든 것뿐인 그 여인보다 더 꿈꿀 만한 아름다운 미래가 있어. 내 경고가 자네를 멈출 수 있을 거라고 희망을 품게 해 줘.

자네가 학업에 열중하기 바라네. 그것만이 지금 자네의 유일한 목표일세. 나는 자네의 성공에 온 마음으로 관심을 갖고 기다리는 한 사람이야. 만약 내 수명이 그리 짧지 않다면 자네의 빛나는 명예로 가득 찬 미래에 축하를 건넬 기쁨은 누구에게도 뒤지지 않는 한 사람일 거야.

나는 자네의 감정이 원래처럼 고요한 상태로 돌아왔다는 소식이 내게 도착할 날을 손꼽아 기다려. 내가 기다리는 그 시간이 곧 오리라 기대해. 그리고 그때부터 나는 안도감을 느끼고 행복해할 거야.

비록 이 편지는 자네에게 부탁하는 말로만 가득 채웠지만, 내가 자네의 소중한 감정을 깊은 감사와 기쁨으로 받아들인다고 말하는 것을 절대로 잊지 않네. 나는 한 번 받아 두었고 끝까지 기억해 둘 걸세. 자네는 되풀이해서 말할 필요 없네. 나를 생각해 줘, 좋은 사람이여. 조금만 생각해도 되고 오래도록 생각해도 괜찮아.

이 편지에서 자네에게 아주 길게 썼으니 다른 사람의 정황과 이야기는 말하지 않고 거르겠네. 하지만 내가 자네를 좀 혼내야겠어. 왜 공에게는 편지를 쓰지 않았나? 자네가 무턱대고 나에게만 쓰는 것에 관심을 둔 일이 얼마나 경솔했는지 자네는 아는가? 나는 공께서 자네가 나한테 뭐라고 편지를 썼는지 물었을 때 움찔할 지경이었어. 만약 자네가 그때 같이 있었다면 무척 당황했을 거라 확신해. 그분은 질투쟁이가 아니고 나역시도 쉽게 놀라는 사람이 아니라 다행이었지.

내가 이 정도로 끝낼 수 있게 허락해 주겠나? 좋은 사람아. 공이 잠자리에 들 준비를 하고 있어. 그분이 나에게 불필요한 무엇을 묻게 하고 싶지 않아.

안녕, 내 어린 친구여. 나는 자네를 한결같이 생각하고 어여삐 여겨. 영원히 자네를 생각하고 어여삐할 거야.

자네의 행복을 염려하며,

끼라띠가."

  끼라띠 여사의 첫 번째 편지는 나의 애타고 뜨거운 마음을 상
당히 진정시켜 주었다. 그녀의 말은 마치 직접 만나서 그녀의
입에서 이 말들을 들은 것처럼 아주 기분 좋게 만들어 주었다.
처음에 나는 그녀의 충고에서 의미를 읽어 내지 못했다. 단지
일반적인 위로의 말일 뿐이라고 여기면서 관심을 두지 않았다.
끼라띠 여사가 진짜로 나로 하여금 불같이 뜨거운 그리움으로
그녀를 꿈꾸는 것을 그만두게 하려고 의도하지 않았을 것이다.
하지만 시간이 지날수록 다시 그녀의 편지를 읽고 곰곰이 숙고
했을 때, 나는 그녀의 충고가 고려할 만하다는 쪽으로 생각이
기울었다. 끼라띠 여사가 그렇게 애원하며 충고한 것은 진심일
수도 있었다.

15장

그 후로 나와 끼라띠 여사 사이의 연락은 서로 편지를 써서 오가는 것으로 계속되었다. 시간이 지날수록 여러 가지 이유로 인해 그녀에 대한 미칠 듯한 그리움은 점차 줄어들었다. 첫 번째는 그녀를 아무리 사랑하고, 아무리 미치도록 그리워해도 그것은 없앨 수 있는 방법이 없다는 이유였다. 곧 그 긴장된 감정은 풀리기 시작했다. 내가 공부하는 데 시간을 쏟아 부어야 하는 시기가 왔을 때 집중력을 온전히 써야 했던 것 또한 불같은 사랑의 감정 세계를 놀러 다녔던 내 정신을 원래의 상태로 되돌아오게 소환한 또 하나의 이유였다.

한 번 스스로를 통제할 수 있게 되자 계속할 수 있을 듯했다. 그녀에 대한 사랑과 미칠 듯한 그리움으로 가득했던 처음 두 통의 편지와 가까운 시기에 쓴 그 다음의 편지에서도 나는 여전히 그녀에 대한 미칠 듯한 그리움을 묘사하고 있었다. 하지만 끼라띠 여사의 충고와 함께 이별 초기에 겪었던 극심한 심적 피로감을 곰곰이 생각했을 때, 나의 열렬한 감정은 점차 누그러져 저절로 치유되었다. 그래서 이후의 편지들은 처음만큼 그녀에 대한 미칠 듯한 그리움으로 가득 차 있지는 않았다. 쓰는 시기도 조금씩 늦춰졌다. 내 정신이 원래의 상태로 되돌아왔을 때 그녀에게 쓰는 것 역시 거의 아무런 고통이 없는 쓰기에 가까웠고, 그저 사랑하는 친구에게 쓰는 행위라고 부를 수 있었다. 내가 그 당시 이해한 바에 따르면 그것은 끼라띠 여사의 바람에 부합하는 일이었다.

나는 여러 통의 편지에서 사랑을 말했고, 나에게 한 마디만 대답해 달라고 애원했다. 끼라띠 여사가 답장을 해 와서 아무리 기뻐했어도, 그녀는 결코 사랑을 언급한 적이 없었다. 이 점이 나로 하여금 끼라띠 여사가 정말로 우리의 달콤한 이야기, 또는 적어도 내가 흘러넘치는 마음을 그녀에게 드러내 보이게 내버려 두고 그녀의 입술 위에 내 입술을 포갰던 미타케산 위에서의 사건을 잊기를 원한다고 받아들이게 만든 또 하나의 중요한 이유였다. 그 입맞춤은 여전히 내 마음속에 뜨겁게 불타고 있었다. 나는 아직 잊지 않았다. 하지만 이미 언급한 여러 가지 이유로 희미해지기 시작했다.

2년의 시간이 지났을 때, 나와 끼라띠 여사 사이의 연락은 아주 뜸해져서 내 마음속에 과거의 흔적이 거의 남아 있지 않았다. 내가 매달 거르지 않고 그녀에게 썼던 편지도 잦아들어서, 두 번째 해에는 단지 세 통을 썼던 것 같다. 사실 나는 학업에 대한 부담이 배가 되었고, 내 마음이 광기에서 벗어났을 때는 오직 학업과 장래의 진로 계획에만 관심을 두고 열중했다.

당시 나의 감정을 떠올려 볼 때 무슨 이유로 끼라띠 여사가 그토록 빨리 중요성을 상실했는지 스스로 여전히 놀랍고 나조차 답할 수 없다. 나는 그녀를 미치도록 그리워한 사람이었다. 그리고 그녀를 내 인생에서 가장 중요한 사람이자 내 삶에서 분리할 수 없는 여성이라고 여겼다. 만약 분리한다면 내 삶은 완전하지 않을 것이기 때문이었다. 2년의 시간이 흐른 뒤에 나는 그녀가 단지 방콕에 있는 여러 친구들 중 한 명이라고만 느꼈다.

그로부터 약 6개월 후, 나는 끼라띠 여사로부터 아티깐버디 공(公)이 신장병으로 돌아가셨다는 소식을 받았다. 소식을 듣고 나는 그녀와 함께 슬퍼했다. 그리고 그녀에게 조의를 표하는 편지 한 통을 급히 썼다. 그러고 나서 일상은 평상시처럼 흘러갔다. 공의 죽음은 그것이 끼라띠 여사의 인생과 내 인생에 매우 중요한 연관이 있다고 내가 예상하도록 주의를 전혀 재촉하지 못했다. 그것은 나로 하여금 끼라띠 여사와 나 사이의 예전 관계를 다시 한 번 주시하게 만들었어야 했다. 정말로 그랬어야 했다. 하지만 어떤 귀신이 와서 내가 그렇게 보지 못하게 막고 방해했는지 모르겠다. 아티깐버디 공의 사망 소식을 들은 후에도 내가 인생의 사건을 평상시대로 흘러가도록 내버려 둔 건 매우 놀라운 일이었다. 나에게 그다지 중요하지 않은 사건이 다른 한 사람의 인생에서는 가장 의미 있는 것임에 내 생각이 미치지 못했다. 가련하도다, 인생이여!

나는 그 이후 2년을 더 학업에 열중하며 보냈고, 유학을 성공적으로 마쳤다. 졸업이 가까워지는 시기에는 다른 누구보다 방콕에 있는 나의 가족들과 더 많이 연락했다. 내가 학업 성적이 좋고 곧 졸업을 앞두고 있으며 귀국할 시간이 가까워졌다는 소식을 들은 형제들이 제각기 나에게 기쁜 마음을 전하는 편지를 주었다. 그리고 그들 중에는 내 약혼녀도 포함되어 있었다. 방콕에 나와의 결혼을 기다리고 있는 여성이 있으니, 내가 일본에서 어떤 여성과도 복잡하게 얽이지 말라고 속박하고 경고하기 위해 아버지가 그녀에게 나한테 편지를 쓰라고 제안했음이 확실했다.

사실 누군가가 와서 이 같은 일로 나를 걱정할 필요는 전혀 없다. 당시 나는 그 무엇보다도 직업 쪽으로 인생의 발전에 몰두했다. 어떤 여자에게도 내 시간을 허비하지 않았다. 심지어 약혼자에 대해서조차 관심을 갖고 생각해 보지 않았다. 그런 걸 고민할 시간 여유가 없었다.

내가 어른으로 성장한 것은 사실이지만, 그 성장은 내가 배우자를 고르는 일에 주목하게 이끌지는 못했다. 성장할수록 나는 더더욱 여성을 멀리하는 듯했다. 어른으로의 성장은 오히려 내가 다른 모든 상황으로부터 떨어져 나와 오로지 진로에만 집중하도록 했다.

약혼녀에게 온 편지는 내 고요한 마음을 결혼에 대해 생각하도록 일깨워 주었다. 하지만 그다지 들떠서 생각하지는 않았다. 내가 그녀를 사랑할 수 있을지 없을지 몰랐다. 왜냐하면 우리는 아직 사랑할 수 있을 만큼 충분히 익숙하고 친하지 않았기 때문이었다. 그런데 결혼이란 무엇인가? 그 당시 나는 그다지 확실하게 알지 못했다. 그저 그녀는 나와 결혼하기에 걸맞은 충분히 좋은 여성일 것이라고 막연히 여겼다. 그렇지 않다면 어찌 아버지가 잘 골라서 나의 배우자로 삼고자 하셨을까? 왜냐하면 당신은 현명한 분이셨으니까. 방콕으로 돌아가서 적절한 시기에 당신께서는 아마도 우리 둘이 결혼하도록 주선하실 터였다. 나는 아마도 그녀를 싫어하지 않을 것이다. 비록 그 결혼이 서로에 대한 사랑의 이끌림을 바탕으로 하지 않을지라도 나는 그녀와 점차 친해져서 머지않아 저절로 다정함과 애정이 생기고 그녀를 사랑하게 될 것이다. 그녀는 집안을 돌볼 것이고, 나는 일하러 가서 경력 발전을 위해 어려움을 헤쳐 나갈 것이다. 결혼은 그 이상의 것은 없는 일처럼 보였다. 그 당시 나의 막연한 생각이 그랬다. 그다지 신중하게 살피지 않았다. 나는 그녀에게 호의를 나타내면서 답장했다.

졸업 후 곧바로 고국으로 돌아가는 대신에 나는 한 은행에서 연수를 시작했다. 그리고 그 시기에 나는 끼라띠 여사에게 근황을 전하는 편지 한 통을 썼다. 그리 길게 쓰지 않았다. 그리고 나중에는 내가 더 이상 그전처럼 끼라띠 여사에게 길게 편지를 쓰지 못했다는 게 사실이다. 편지 쓰기가 꼭 업무인 것 같았다. 쓰려고 의도한 내용을 다 쓰고 나면 무엇을 더 써야 할지 떠오르지 않았다. 이처럼 시간은 참으로 이상하게도 우리의 감정을 변화시켰다!

그녀가 나를 떠난 지 4년의 시간이 지났을 때, 끼라띠 여사가 나를 어떻게 생각하는지 여러분이 알 수 있도록 이 시기 그녀의 답장 한 통을 보여 드리고자 한다.

"놉편, 나의 좋은 사람이여." 그녀는 늘 변함없이 이 문구로 편지를 시작했다. 그녀는 다음과 같이 계속 이야기를 진행했다.

"나는 자네의 졸업 소식을 전하는 편지를 받았네. 내가 자네에게 어떻게 말하면 좋을까? 자네가 나의 기쁨에 대해 온전히 이해하려면 말이야. 만약 자네가 누이가 있고 자네 누이가 아무리 자네의 졸업을 기뻐한다 해도 나는 자네가 나의 기쁨을 가져가 비교하도록 용납하지 못할 것 같아. 자네는 서로 만나지 못한 여러 해 동안 그 긴 시간 내내 내가 자네의 졸업에 얼마나 주의를 기울이고 있었는지 잘 알 거야. 그래서 만약 나의 기쁨을 좀 많이 생색낸다면, 이건 과장이 아니야. 자네는 아마 나를 절대로 비난하지 못할 거야.

나는 자네가 그곳에서 1년 더 머물면서 일하다가 태국으로 돌아올 거라는 사실을 알게 되어 더욱더 기뻐. 사실 그건 내가 도쿄에 가 있었을 때에도 들은 적이 있었던 자네의 원래 계획이었지. 그게 자네가 자신의 목표에 얼마나 확고부동한 사람인지를 증명하는 거야. 자네는 공부뿐만 아니라 모든 목표에서 확고부동함을 가져야 해. 자네 같은 남성이 얻을 성공은 다른 사람들에게는 불가능한 것으로 보일지라도 자네에게는 전혀 불가능한 것이 아니야. 이것은 나의 진심 어린 찬사일세.

1년 후에 자네가 태국에 와서 서로 만날 때면 자네는 더 이상 내가 알았던 어린 청년 놉편이 아닐 거야. 그날이 왔을 때 내가 자네를 떠나온 시간을 합하면 거의 6년이니 자네는 스물두 살에서 스물여덟 살이 되겠군. 나의 놉편은 예전처럼 어린 청년이 아니라 완전히 장부가 되었을 거야. 자네는 아마도 많이 달라졌을 거야. 하지만 나와는 반대로 아름답게 성장한 쪽으로 달라졌을 것이 틀림없어. 자네도 마찬가지로 내가 달라졌다고 생각할 거야. 그러나 시들어 떨어지는 쪽으로 달라졌지. 어쨌든 우리는 서로 기억할 수 있을 거야. 왜냐하면 우리는 잊지 못하고 서로 기억하는 무언가를 가지고 있기 때문이지.

나중에 우리 사이에 연락이 아주 뜸해진 것 역시 믿기 힘들어. 지난 2년 동안 내가 기억하기로는 나는 자네한테서 소식을 받은 것이 1년에 세 번 이상은 아니었어. 하지만 사실은 자네가 빈번히 편지를 주고받는 것에 대해 걱정할 필요 없이 온전히 공부하는 데 시간을 할애하기를 원했던 나 자신의 바람이었고, 자네는 제대로 해냈어.

거의 5년이라는 시간 또한 큰 어려움 없이 지나갔으니 1년은 그것보다 훨씬 빠르고 순조롭게 지나갈 거야. 이제 나는 자네에게 더 이상 조언하고 가르칠 게 없어. 왜냐하면 자네는 이미 자기 자신의 지휘관이 되었고 나보다 훨씬 더 잘하는 것 같아 보이기 때문이야.

나는 자네가 돌아오는 날을 기다려, 좋은 사람아. 내 눈으로 나의 어린 친구인 자네의 삶의 발전을 알아보기 위해 기다려.

늘 나의 좋은 사람을 그리며,

끼라띠."

나는 일상적인 감정으로 그녀의 편지를 읽었다. 물론 그녀가 내 누이인 것처럼 그녀에게 고마움을 느꼈다. 그녀는 항상 매우 값진 조언과 격려의 말을 해 준 사람이었다. 하지만 불같이 뜨거웠던 감정은 다 타 버렸다. 시간은 그녀에 대한 사랑의 감정을 나도 모르는 사이에 나로부터 모두 가져가 버렸다.

　나는 끼라띠 여사가 그 편지 속에 어떤 심오한 감정을 숨겼음을 전혀 알아차리고 인식하지 못했다. 인생의 세심함과 은밀함이란, 그 당시에 알기에는 나의 이해력을 넘어서는 것이었다.

16장

항해를 떠난 배가 나를 일본에서 방콕으로 데려온 날 아침에 미쓰이물산 주식회사 부두에는 그다지 사람들이 북적이지 않았다. 왜냐하면 내가 타고 온 배에는 승객이 예닐곱 명을 넘지 않았고, 태국인도 나 혼자였기 때문이다. 그래서 배가 부두에 닿았을 때 나는 나를 맞이하러 와서 기다리고 있는 사람들의 무리를 어렵지 않게 알아볼 수 있었다.

나는 다른 사람보다 먼저 아버지를 보았다. 그분은 열 명이 넘는 가까운 친척들 무리에서 앞줄에 서 있었다. 그리고 그 무리에는 나와 비슷한 또래의 친한 친구 네다섯 명도 함께 있었다. 내가 누구인지 기억하지 못하는 숙녀 한 명이 친척 무리에 함께 서 있었는데, 태도를 보아하니 누구 못지않게 나에게 신경 쓰고 있는 것 같았다.

나는 그 사람들 무리 속에서 끼라띠 여사를 보지 못했다. 이어서 그 주변 전체로 시선을 둘러봤을 때 나는 커다란 세단의 문에

136

기대어 서 있는 남색 옷의 아름다운 형체를 보았다. 그리고 나를 향해 천천히 흔들고 있는 조그만 손을 봤다. 나도 무척 반갑게 손을 흔들어 화답했다. 왜냐하면 비록 저 멀리 떨어져 서 있었음에도 불구하고 그 아름다운 형체의 주인이 끼라띠 여사라는 사실을 알 수 있었기 때문이다.

선원들이 배의 계단을 놓았을 때 마중 나와 기다리던 친척들과 친구들이 모두 배 위로 올라왔다. 나는 올라오는 길 옆에 서서 그들을 맞이하려고 기다렸다. 아버지가 나에게 환영의 기쁨을 표현한 첫 번째 사람이었다. 당신은 곧장 다가와 8년이나 가슴속에 빼곡하게 담아 둔 사랑과 그리움으로 당신의 장남을 껴안았다. 나도 똑같은 심정으로 아버지를 껴안았다. 그러고 나서 다른 친척들과 친구들이 몰려와 같은 방식으로 감정을 표현했다. 방콕에 도착한 그 첫날 아침에 내가 얼마나 충만했는지 이루 말할 수가 없다. 그날 아침의 일을 회상해 보면 내 인생에서 가장 행복한 날이었고, 지금까지도 나는 그때보다 더 값진 기쁨과 행복을 경험하지 못했다고 기록해 둘 수 있을 정도다.

내가 머뭇거리면서 한 숙녀분을 맞이하고 있을 때, 아버지가 가까이 다가와 내 어깨에 팔을 두르고 이 사람이 바로 내 약혼녀라고 나에게 일러 주었다. 그래서 나는 그 얼굴에 대해 떠올릴 수 있었다. 흠잡을 점도 없고 예찬할 점도 없는 흔하디흔한 평범한 얼굴이었다. 내 앞에 서 있는 그녀의 태도는 부끄러움과 수줍음이 과도했다. 나 역시 서로 조금밖에 모르는 경우에는 대화에 그다지 능한 사람이 아니었기에 그저 친근한 말을 두세 마디 건넸을 뿐이었다. 그러고 나서 그녀는 다른 사람들이 와서 나와 인사를 나누도록 옆으로 비켜났다.

끼라띠 여사는 나를 만나러 배에 올라온 마지막 사람이었다. 그녀는 6년 전 도쿄에서 내가 그녀를 처음 만났을 때와 같은 옷인 하얀 꽃송이로 가득한 남색 옷차림을 하고 있었다. 이 옷차림은 처음 그녀를 만났을 때로부터 오랫동안 내가 마음속으로 확실히 기억해 두었던 옷이었음에도 불구하고, 그날 아침에는 이상하게도 나는 그 옷에 주목하지 않았다. 그리고 무슨 이유로 끼라띠 여사가 6년 전에 이미 입었던 복장과 똑같은 차림으로 방콕에 도착한 첫날에 나를 맞으러 왔는지도 마찬가지로 이상한 것이었다.

나를 만나러 다가온 자태는 여전히 예전과 다름없이 단정하고 우아해 보였다. 조금 달라진 점이라면, 이제 사십 대로 접어드는 그녀의 나이에 걸맞은 아름다움이 더해져서 더욱 우아한 자태를 지녔다는 점이었다. 비록 빛나는 광채는 조금 사라졌지만 빼어난 매력과 아름다움은 아직 그녀를 버리지 않았고, 여전히 그녀의 외모를 바라보는 사람들을 사로잡았다.

끼라띠 여사는 다가와 내 손을 만졌고, 나는 오랫동안 헤어져 있던 누이를 만난 것과 같은 흥분과 반가움으로 단단히 손을 움켜쥐며 호응했다.

"여사님이 너무나도 보고 싶었습니다." 나의 첫 마디였다.

"나는 항상 자네를 생각했네. 서로 헤어졌을 때부터 계속해서 늘 자네를 생각했어." 비록 내가 눈동자 속 그녀의 깊은 기쁨을 분명하게 볼 수 있었음에도 불구하고 그녀는 흥분하지 않고 천천히 차분하게 말했다. 그녀의 말은 무척 감동을 주었다. 그리고 그녀에 대한 나의 그리움이 때때로 얼마나 강력했던지 간에 나에 대한 그녀의 그리움처럼 항시 그러하지 않았다는 것을 떠올렸을 때 문득 부끄러운 생각이 들었다.

"저는 돌아와 다시 한 번 여사님을 뵙게 되어 너무나도 기쁩니다." 나는 계속해서 말했다.

"나도 자네를 기다리고 있었네. 계속 기다려 왔어."

"여사님은 저에게 더없이 호의적이십니다."

"만약 자네가 말한 것이 사실이라면 자네는 나한테서 그런 대접을 받아야 마땅한 거야. 아닌가?"

"저는 제가 전혀 마땅하지 않은 것 같아 송구합니다. 여사님은 저에게 지나치게 호의적입니다." 말하고 나서 나는 웃었다. 나는 그 대답이 끼라띠 여사의 감정을 어떻게 흔들지 관심을 두지 않았다. 어쨌든 그녀는 잠시 동안 가만히 침묵했다.

"자네는 내 손을 꼭 쥐고 있어." 끼라띠 여사가 부드러운 목소리로 말했다. "오늘은 우리가 고베항에서 이별하던 날과 같지 않아."

"아, 죄송합니다." 나는 소리치면서 즉시 그녀의 손을 놓았다. "여기는 방콕이고 우리는 더 이상 헤어질 필요가 없습니다. 우리는 더 이상 그런 슬픔을 겪을 필요가 없어요."

"누가 알겠나, 놉펀?" 그녀는 내가 조금 의아하게 느끼도록 조용히 반문했다.

"저는 사는 동안 다시 이곳을 떠날 생각이 없습니다."

"하지만 그것이 헤어짐의 유일한 원인이 아니고 슬픔의 유일한 근원도 아니야." 말하고 나서 그녀는 손으로 내 팔을 만졌다. "그렇지만 지금 당장은 아무 논쟁도 하지 말자. 자네 친척들이 모두 자네를 간절히 원하고 있어."

"여사님도 제 친척과 똑같습니다."

"그렇다고 해도 오늘 나 혼자 자네를 붙들고 있어서는 안 되지. 가시게, 좋은 사람이여. 자네 아버지를 보러 가게."

나는 그녀와 함께 친척들과 친구들 대부분이 모여서 기다리고 있는 살롱으로 직행해야 했다. 그리고 몇몇 친척과 친구는 내가 얼마나 편하게 여행을 했는지 보기 위해, 그리고 배에서 짐을 옮기는 것을 돕기 위해 내가 바다에서 시간을 보낸 방으로 나를 잡아끌었다. 그 후에도 나는 여러 사람들에게 둘러싸여 끼라띠 여사와 담소를 나눌 시간이 거의 없었다.

배에서 내릴 때 나는 집에 가서 대화를 계속 나누도록 그녀를 초대했다.

"내가 양해를 구하겠네, 놉펀. 자네는 첫날을 온전히 자네의 가까운 친척들과 보내야 하네."

"저의 시간을 온종일 원하는 친척은 아무도 없습니다."

"적어도 자네 아버지가 있잖아. 그분은 아마도 7~8년을 떨어져 있었던 당신의 아들과 여러 시간 이야기 나누기를 원하실 거야. 그리고 또 다른 사람들도 있고."

"아버지는 아마도 저와 하루 안에 전부 끝낼 정도로 모든 것을 말하려고 서두르지 않으실 겁니다." 나는 웃으며 대답했다. 그렇다 하더라도 꽤 신중한 태도로 임했다.

"우리는 다른 날에 보도록 하자, 놉펀."

"그렇다면 제가 최대한 빨리 여사님을 찾아 뵙겠습니다." 나는 그녀의 뜻에 순순히 따랐다.

나와 끼라띠 여사 사이에 방콕에서 첫날의 만남은 너무나 빠르고 평범하게 막을 내렸다.

환영으로 떠들썩했던 한낮을 보내고 오후에 조금 쉬었다. 저녁이 되어 식사한 후에 나는 거실에서 아버지와 대화를 나눴다. 긴 대화 도중에 끼라띠 여사에 대한 언급도 잠시 있었다.

"너는 아티깐버디 부인과 많이 친한 거야?" 아버지는 이런저런 사소한 이야기로 대화를 나누던 중 별 의미 없이 물었다.

"아버지는 끼라띠 여사님을 말씀하시는 겁니까?" 아버지가 맞노라 답하셨을 때 나는 계속해서 말했다. "맞아요. 많이 친해요. 여사님께서 일본에 놀러 가셨을 때 제가 아티깐버디 공(公)과 여사님과 거의 내내 어울려 지내면서 도왔어요."

"아티깐버디 공이 너무 일찍 세상을 떠나서 안타까워." 아버지께서 말씀을 이었다. "아티깐버디 공이 아직 살아 있을 때 나는 그분이 아내를 무척 칭찬하는 말을 들은 적이 있어. 그리고 공이 죽은 후에 내가 본 바로는 나 역시 아티깐버디 부인이 정말로 칭송받을 만한 사랑스러운 여성이라고 생각했어."

"저는 여사님을 매우 존경해요." 나는 아버지의 말에 부응했다. "비록 여사님을 길지 않은 시간 동안 만났지만 저는 여사님을 아주 잘 알아요. 좋은 사람인 만큼이나 매우 똑똑한 여성이에요. 저는 끼라띠 여사님보다 더 이지적인 사람을 본 적이 없어요. 저는 여사님이 다시 한 번 결혼해야 할 것이고, 또한 어느 누군가의 희망을 피해 갈 수 없을 거라 봐요."

"그런데 나는 그다지 확신할 수 없다고 봐. 왜냐하면 아티깐버디 공이 죽은 이후에 여사가 사교 활동을 즐기지 않는 것 같다고 들었거든. 그녀는 조신하게 생활하면서 아티깐버디 공의 친한 친구들 모두의 칭찬을 받고 있어. 최근에는 누군가가 그녀에게 관심을 보였고 결혼을 타진했을 정도였는데 여사가 거절한 것 같다고 들었고. 사람들은 그녀가 마음속에 은밀한 뭔가를 간직한 사람인 것 같다고들 말해."

나는 조용한 태도로 가만히 들었고 이후 아버지는 다른 이야기로 화제를 바꿨다.

17장

　방콕에 도착한 지 5일 정도 후에 나는 끼라띠 여사를 방문할 적당한 시간을 마련했다. 사실 다소 늦었다. 나는 이보다 더 서둘러 그녀를 찾아갔어야 했다. 하지만 내겐 끝내야만 하는 여러 가지 급한 용무가 있었다. 대부분은 직업과 관련된 용무였는데, 그 당시 나는 다른 모든 것보다 일에 관심을 가졌기 때문이었다.

　나는 방까삐'에 있는 집으로 그녀를 찾아갔다. 집은 약 3라이'(약 4,800제곱미터)의 광활한 부지에 조그만 단층 건물로 지어졌는데, 주변으로 초록색 잎과 보라색 꽃이 활짝 피어 울창해 보이는 나팔꽃 울타리가 있었다. 집은 부지에서 깊이 들어간 언덕 위에 위치했고, 두드러지게 잘 보였다. 집 앞쪽은 다양한 종류의 꽃이 있는 화원 안에서 산책하려고 정원으로 만들었고, 대문 가장자리와 가까운 부지의 왼편에 커다란 연못이 있었다. 정원 한가운데 덩굴나무로 덮인 작은 정자가 세워져 있었는데 쾌적해 보였다.

끼라띠 여사의 집에 갔을 때 나에게 생겨난 첫인상은 바로 내가 도중에 지나온 십여 채의 집들과 비교했을 때 방까삐에서 가장 살기에 좋은 집이라고 느꼈다는 것이었다. 그 집들은 모두 아름다웠지만 부지 내의 외관과 공간 설계가 끼라띠 여사의 집과 같은 안락함을 담아 내지 못했다. 시선을 돌려 큰 돌들로 이루어진 여러 개의 화단을 봤을 때 나는 오랫동안 이 집에 익숙했던 것처럼 느꼈다. 이는 일본인의 방식과 매우 비슷한 정원 꾸미기 방식 때문이었다. 다양한 종류의 나무들은 기준을 정해 부류별로 배열되어 있지 않고 서로 섞여 심어져 있었다. 그리고 일부러 조성된 것으로 보이기보다는 자연공원과 비슷하게 빽빽해 보였다. 사실 작정하고 만들어 낸 것임에도 불구하고 내가 여러 번 놀러 간 적이 있는 닛코의 장대한 식물원처럼 자연스럽게 보였다.

문은 이미 열려 있었다. 차가 천천히 지나갔고, 정원 중앙에서 바라보며 가다가 나는 칠리향(七里香) 덤불 옆에 나와 있는 여성의 머리를 보았다. 나는 그 머리 모양을 기억할 수 있었다. 그래서 건물 앞까지 가기 전에 차를 세우도록 했다. 내가 내려서 길 위에 섰을 때, 끼라띠 여사가 나무 아치 사이에서 나타났고 전신을 뚜렷이 볼 수 있었다.

"놉펀!" 그녀가 멀리서 소리쳐 불렀다.

나는 그녀에게 모자를 벗어 보이고 길을 가로질러 곧장 그녀를 만나러 그곳으로 걸어갔다.

내가 끼라띠 여사에게 다가가자마자 근처에서 뛰어놀고 있던 저먼 셰퍼드가 뛰어들어 그녀 옆에 서서 나를 무섭게 노려봤다. 끼라띠 여사가 몸을 숙여 손으로 개의 머리를 가볍게 두드리고 개의 이름을 두세 번 불렀다. 그러자 개가 조용하게 그녀의 발치에 엎드렸다.

"여사님은 아주 무서운 대형견을 기르시군요." 내가 말을 시작했다. "개가 저를 수상하게 쳐다봐요."

그녀가 미소를 지었다.

"토발드는 내 경호원이라네. 우리는 여기서 몇 명 안 되는 사람들끼리 살고 있어서 나쁜 사람을 경계하는 경비원으로 토발드를 의지해야 해. 맞아, 토발드는 항상 사람들을 먼저 의심하고 본다네. 이제 내가 자네는 나의 친구이고 자네가 우릴 해치러 온 게 아니라 좋은 뜻으로 온 거라고 그를 이해시킬게." 말하고 나서 끼라띠 여사는 몸을 숙여 토발드의 머리를 쓰다듬었다. 그리고 나서 다른 곳에 가서 뛰어놀라고 말했고, 개는 얌전히 복종했다.

"내가 자네를 집 안에서 맞이해야 마땅한데." 그녀는 얼굴을 들며 말을 계속했다.

그때 우리는 정원 한가운데 놓여 있는, 끼라띠 여사가 먼저 앉아서 놀고 있었던 곳인 뜰의 탁자와 의자 옆에 서 있었다.

"저는 여기가 마음에 듭니다. 시원하고 좋아 보여요. 그리고 다양한 종류의 꽃과 나무로 눈이 즐겁습니다." 나는 모자를 탁자 위에 내려놓으며 말했다.

"만약 자네가 좋다면 나도 여기서 자네를 맞이하겠네."

우리 둘 다 의자에 앉았을 때 내가 말했다.

"제가 좀 늦게 찾아 뵙게 되어 여사님께 죄송합니다. 제가 하게 될 일과 관련하여 여러 어르신들을 만나러 가야 했기 때문입니다. 저는 시간을 낭비하고 싶지 않았습니다."

"나는 자네에게 동의하네. 자네가 다른 무엇보다도 일을 먼저 생각해야 하는 게 맞는 거야, 놉편."

"지난 2~3년간 저는 일에 대해 무척 고민하고 열중했다고 부인에게 털어놔야 합니다. 돈을 벌어서 행복을 충족시키고 싶다는 이유 때문이 아니라, 큰 바람은 일을 하고 싶다는 것에 있었습니다. 저는 제가 배워 온 학문과 지식에 따른 일을 한다면 더욱 행복할 거라 믿습니다. 이 점이 바로 사교 방면, 예컨대 제가 이렇게 부인을 방문하는 것과 같이 다른 것들을 하는 데 있어 부족하게 만든 것 같습니다."

"오히려 자네를 한층 더 사랑스럽게 만드는 결점이야." 그녀가 미소를 지으며 말했다. 온화하고 달콤함이 완벽하게 섞여 있는 다정함을 표현하는 미소였다. 내가 오랫동안 알아 왔고, 와서 다시 접했을 때 떠올릴 수 있는 미소였다. "자네는 성장해서 완전한 어른이 되었군, 놉편. 이제 자네의 소년 같은 모습은 거의 남아 있지 않다는 것을 자네는 알고 있는가?"

"저는 제가 조금 변했다고는 생각합니다. 그렇지만 제가 스스로 깨닫기는 어렵습니다."

"자네는 완전한 장부가 됐고 이전보다 확연히 진중해 보여."

"저는 그 점을 전혀 의식하지 못했습니다. 여사님의 경우 저는 아주 조금 변한 게 보입니다."

"나는 많이 늙었지."

"저는 전혀 그렇게 생각하지 않습니다. 실례지만 여사님은 나이가 몇 살이죠?"

"마흔이 넘었지."

"실례지만 여사님은 여전히 아가씨로 보여요."

"뭐야, 놉펜. 실례한다는 말을 쉬지 않네." 그녀는 엄격한 목소리로 말했다. "자네는 내가 모든 것에 자네를 나무라려는 것처럼 말하는군. 자네는 정말 많이 변한 것 같아."

"저는 제가 적절하지 않은 것을 말할까 염려됩니다."

"그렇다고 해도 이미 말을 꺼내 놓고 나서 사과할 필요는 없네. 이제 나는 자네가 도쿄에서 만난 여인이 아니야. 시간이 거의 6년이 흘렀어. 만약 자네가 나를 과찬하려고 하지 않는다면 자네는 내가 여전히 아가씨로 보인다고는 더 이상 말하지 못할 거야."

"하지만 그것은 저의 진심입니다."

"자네는 지나친 확신을 가졌어. 나를 믿게, 놉펜. 이제 나는 마흔이 넘은 나이라네. 나는 내가 많이 늙었다는 걸 잘 알고 있어."

"그 점은 저보다 더한 여사님의 편견일 수도 있습니다." 그러고 나서 나는 새로운 화제로 바꿨다. "여사님은 이 집에서 행복하고 편안하게 지낼 것 같습니다. 여사님이 지내기에 걸맞게 아름답습니다. 여사님의 이야기를 저에게 좀 들려주십시오."

그녀는 나를 미심쩍게 쳐다보았다.

"자네는 스스로 여전히 내 삶에 진정으로 관심이 있다고 믿는 건가?"

"저는 여사님의 삶에 줄곧 관심이 있었습니다."

"이제 자네는 방콕에 돌아왔고, 하는 일이 있고, 연락하고 신경 써야 할 자네와 알고 지내는 많은 사람들이 있지. 나는 자네가 내 생활에 관심을 갖기에는 시간이 거의 없을 거라 생각해. 지금은 우리가 도쿄에서 만났던 때와는 많이 다른 시간이야. 맞지, 놉펀?"

나는 끼라띠 여사의 말이 꽤 맞다고 생각했다. 나는 예전처럼 그녀를 생각할 시간과 사치스러운 감정이 없었다. 과거의 사건은 내 기억에서 사라졌다. 한때는 내가 평생 확고하게 각인된 사건이라고 여긴 적이 있었던 미타케산 꼭대기에서의 사건마저도 나는 거의 떠올려지지 않았다. 모든 것이 마치 그것의 시간이 이미 떠나갔다고 말하는 것처럼 지나간 듯했다. 현재 나의 삶 속에서 새롭게 시작된 시간은 일의 시간이었고, 당면한 현실은 내가 6년 전 한때 일어났던 것 같은 심오하고 강렬한 감정을 가진 삶을 살고 있지 않다는 사실이었다.

끼라띠 여사의 경우 그녀가 단지 사실이라고 느끼는 것에 따라 말하려는 의도를 갖고 그렇게 말하는 것인지, 아니면 그녀가 또 다른 의도를 가지고 그러는 것인지 나로서는 추측할 수 없었다. 나는 그녀가 자신의 과거 시간을 교체할 새로운 시간을 보내고 있는지 아닌지 알지 못했다.

"저는 제가 여사님의 이야기를 들을 수 있을 만큼 충분히 여사님에게 관심을 둔다고 생각합니다." 나는 어떻게 말해야 할지 느낀 대로 말했다.

"알겠네. 내가 지금의 자네가 어떠한지는 여념 없이 나의 옛 친구 자격으로 자네에게 내 애길 들려주겠네."

끼리띠 여사는 상당히 진지하게 말했다. 그러고 나서 그녀의 이야기를 생각해 내기 위해 잠시 멈췄다.

"나의 새로운 이야기는 공(公)이 돌아가신 후에 시작되어야 할 거야. 그분의 병환에 대해 말하는 것은 상당히 슬픈 일이고 내가 편지를 써서 자네에게 들려준 적이 있었던 것 같아." 끼라띠 여사는 심사숙고하면서 천천히 말했다. "내가 그분의 죽음 이후 얼마나 슬퍼했는지는 더 말하지 않는 것이 좋겠어. 나는 나에게 일어난 중요한 일들만 말하겠네. 첫 번째로는 그분이 당신의 재산 삼분의 일 정도를 나한테 유산으로 나눠 주셔서 내가 더 부자가 되게 해 준 거야. 그분의 재산 나머지 삼분의 이는 그분의 두 자식들에게 갔어. 사실 나는 그분과 고작 2~3년밖에 살지 못했고, 또한 자식도 없었기 때문에 내가 그분의 재산에서 어떤 몫을 받으리라 예상하지 못했어. 그분이 나에게 이렇게나 자비를 가진 것은 내가 그 정도로 자비로움을 받을 자격이 있는지 궁금하지 않을 수 없게 만들었어. 놉펀, 자네는 내가 운이 좋은 사람이라고 생각해, 아니면 불행한 사람이라고 생각해?"

"대답하기 어려운 문제입니다." 나는 상당히 조심스럽게 대답했다.

"그렇지. 나 자신도 대답하기 어려운 문제야." 그녀는 말하면서 생각에 따라 눈동자가 공허해졌다. "나는 3년도 안 되는 결혼 생활을 하고 나서 남편이 죽었어. 그러고 나서 나는 오히려 부자가 되었지만 동시에 혼자 살아야만 했지. 복잡하고 기구한 인생인 것 같아. 그치, 놉편?"

"여사님께서는 왜 돌아가서 아버지와 함께 살지 않았습니까?"

"나는 그분과 이미 35년을 살았어. 나는 아버지를 몹시 사랑해. 아버지를 자주 뵈러 가고 함께 지내. 하지만 나는 다시 돌아가서 그런 삶을 살지 않을 거야. 내가 평생 잊을 수 없을 정도로 불행과 공허함 그리고 고통이 나를 짓누르고 있던 삶이었어."

"만약 그렇다면 여사님은 일반 사람들과 교제하는 삶을 사는 쪽을 선택해야 합니다."

"사실 그래야 했었어. 하지만 나는 그렇게 하지 않았지." 그녀는 자신의 결정에 의구심을 품은 것처럼 말했다. "계속해서 내 이야기를 간략하게 들려줄게. 공이 돌아가신 후에 나는 이곳으로 옮겨 왔어. 우리의 원래 집은 그분이 장남에게 물려주셨어. 나도 그 집에서 계속 살고 싶은 마음이 없었고. 왜냐하면 그 집은 너무 컸고, 그것이 공이 되돌아올 날이 없이 떠난 것을 끊임없이 상기시켜 주었기 때문이었어. 이 땅은 공이 돌아가시기 몇 해 전에 사 두었던 것이고, 우리는 여기에 휴식처로 조그만 집을 짓자고 전에 말하곤 했어. 그분이 돌아가셨을 때 나는 그 생각대로 진행하기 시작했어. 다른 점은 별장으로 삼는 대신에 나의 영구적인 집이 되었다는 거야."

"그리고 집주인에게 큰 행복을 주는 집이어야 합니다." 그녀가 잠시 말을 멈췄을 때 나는 덧붙였다.

"그래야겠지." 그녀는 집 경내를 만족스럽게 둘러보면서 말했다. "여기 오는 모든 사람은 보통 내 집이 좋다고 입을 모아 말하면서 나의 행복을 부러워하지. 하지만 그런 생각이 맞는지 아닌지 나는 확신할 수 없어."

"좋은 집이라는 것 외에 부인의 행복이라고 하는 것이 또 뭐가 있습니까?"

"자네는 여전히 질문 공세를 참지 못해." 끼라띠 여사는 너그러운 미소를 지었다. "이것이 내가 도쿄에서 만났던 놉편에게 남아 있는 유일한 점이야."

"제가 선을 넘어 질문했습니까?" 나는 정중하게 되물었다.

"전혀 선을 넘는 정도는 아니야. 하지만 나에게 이처럼 질문하는 사람은 거의 없었다네. 자네는 질문을 잘 생각해 내는군. 나 자신도 내 행복은 무엇으로 이루어져 있는지 고민해 본 적이 없는 것 같은데 말이야." 그녀는 잠시 멈추고 헤아리더니 말을 이었다. "생각해 보면 스스로에게 이상함을 금할 수 없어. 왜냐하면 지나온 시간에 내 행복을 이루었던 중요한 부분은 나에게 일어난 실제의 일이 아니라 오히려 단지 어떤 것에 대한 희망 또는 기대였기 때문이지. 지금에 와서도 내 삶은 아직 예전과 달라지지 않았다네. 진정한 행복은 여전히 앞날에 표류하고 있어. 나는 그것을 잡으려고 쫓아가고 희망하지. 그리고 기다리고 있어."

"피곤한 삶인 것 같습니다." 나는 연민의 감정으로 말했다.

"어떻게 할 수 있겠어? 놉편. 세상의 크고 높은 존재가 내 인생을 그렇게 정해 두었는걸. 내가 아무리 발버둥 쳐도 정해진 선에서 나올 수가 없어. 운명에 따른 삶을 직면해야만 해. 자네의 인생은 내 인생보다 가치가 있고, 나보다 편안하고 평탄하게 진행돼. 자네 삶에는 진짜만 있어. 자네는 삶의 매순간 나타나는 일에서 즐거움을 얻고, 그 일이 지나가고 나면 그것을 완전히 잊지. 그 후에 자네는 새로운 일을 새로운 즐거움으로 마주할 거야. 자네의 삶은 그렇게 나아갈 것이고 규칙적으로 변화를 얻을 거야. 반면에 나의 삶은 불확실성으로 혼란스러워. 때때로 행복을 꿈꾸기도 하지만 선명하고 확실한 것은 아니야. 마치 꿈과 비슷하게 머리 위를 표류하고 있는 거야. 나는 그것을 맞게도 틀리게도 잡았지. 때로는 즐기고 때로는 지치기도 해. 이게 바로 내가 자네에게 들려주고자 한 내 삶의 상태야. 하지만 자네가 이해하기는 아마도 어려울 거야."

"아주 이상하고 가련한 삶이고 이해하기도 어렵습니다." 나는 진심으로 탄식하고 계속 질문했다. "이제 여사님은 부자라는 이름을 얻었습니다. 무슨 이유로 희망을 현실로 바꾸는 것에 그 부를 사용하지 않습니까? 그럼 여사님은 완벽하게 행복할 것입니다."

"돈에 힘이 있는 것은 사실이야, 놉펀. 하지만 모든 것을 능가하지는 않아. 우연히도 내가 희망하고 기대하고 있는 것은 돈의 힘으로 얻을 수 있는 게 아니야. 그게 나의 큰 불행이지."

여기까지 말하고 끼라띠 여사가 일어섰다.

"있잖아, 놉펀. 내 이야기는 그만 끝낼게. 더 들어봤자 흥미롭

기보다는 아주 짜증스러울 거야. 나는 자네의 이야기를 듣고 싶어. 우리 산책 좀 하면서, 그동안의 자네 이야기를 들려주게. 그러고 나서 집 안으로 들어가지. 내가 자네의 이야기를 자세히 들을 기회를 가질 수 있도록, 자네가 오늘 밤 나와 식사를 함께 해 주기 바라."

나는 그녀의 바람대로 했다. 우리가 산책한 지 얼마 안 돼 초저녁이 되었다. 우리가 나란히 걸으며 대화를 나누는 동안 그 드넓은 정원을 따라 지나가는 길을 방해하는 어떤 일도 발생하지 않았다. 6년 전의 강렬한 감정을 불러올 만한 분위기와 고요함 속에 우리는 단둘이 있었다. 하지만 놀랍게도 나의 감정은 조금도 흔들림이 없이 어떤 영향도 받지 않았다. 이는 끼라띠 여사가 예전의 아름다움과 매력을 잃어버렸다는 이유 때문이 아니었다. 나는 여전히 그녀의 아름다움과 매력을 분명하게 볼 수 있었다. 하지만 감탄과 함께 이것을 볼 뿐, 나의 감정을 전혀 개입시키지 않았다.

나는 식사를 하면서 그녀와 밤 9시까지 이야기를 나눈 후 인사하고 돌아왔다. 끼라띠 여사는 그녀가 원래는 이모 그리고 여자 조카와 같이 사는데, 공교롭게도 그날 두 사람이 친척을 방문하러 갔다가 친척집에서 하룻밤 묵고 올 거라고 말했다. 그래서 나는 끼라띠 여사와 단둘이서 네 시간 가량을 보냈다. 나는 그녀와 함께 있었던 시간 내내 매우 즐거웠고, 그녀에게 내 이야기를 들려주고 그녀의 이야기도 지루하지 않게 들었다.

아주 밝게 빛나는 등불 아래 식탁에서 우리 두 사람은 한 시간

넘게 식사하면서 담소를 나눴다. 나는 그녀의 아름다운 피부 곳곳의 주름에서 마흔 살 나이가 약간 보이는 것을 목격했다. 하지만 자태와 말투에 있어서 그녀는 원래의 끼라띠 여사에서 달라지지 않았다. 우아하고 달콤한 것은 여전했다. 그녀가 이것저것 음식을 떠서 내게 먹으라고 주는 동안, 나는 예전 그녀의 다정함에 대해 떠올리지 않을 수 없었다. 어쨌든 지금 내가 기억하는 것은 그녀는 한 명의 누이와 같다는 것뿐이었다. 내 마음은 예전처럼 감정적으로 뜨거운 세상에서 혼란스럽게 배회하지 않았다.

함께 보낸 네 시간 동안 나는 끼라띠 여사가 삶에서 어떤 목표를 가졌는지 헤아릴 수 없었다.

18장

　　그날 이후 나는 일에 열중하느라 더 이상 그녀를 찾아가지 않았다. 그러다가 시간이 2개월 이상 지났고, 아버지께서는 당신이 내 결혼식 날짜를 정해 두었는데 3개월 후라고 나에게 알려 주었다.

　　결혼 일정을 알게 되었을 때 나는 예의상 끼라띠 여사에게 가서 알려 드리는 것이 내 의무라고 생각했다. 두 번째 방문에서 끼라띠 여사는 응접실에서 나를 맞이했는데, 그럼에도 불구하고 와서 우리의 대화를 방해하는 사람은 없었다.

　　대화 초반에 끼라띠 여사는 내가 첫 번째와 두 번째 방문 사이에 2개월이나 시차를 둔 것에 그녀가 적잖이 실망했음을 드러내려 의도하지는 않았음에도 불구하고, 나는 내가 그녀의 기대와 다르게 행동한 것에 그녀가 정말로 실망을 느꼈고 유감스러워하고 있음을 알아챌 수 있었다. 어쨌든 나는 무엇이 그녀에게 그런 감정이 생기게 한 원인인지 알 수 없었다. 내가 예상할 수 있는 것 이상으로 그녀가 내게 호의를 가졌기 때문인 것인지, 아니면 내가 알 수 없는 어떤 이유 때문인지.

끼라띠 여사의 마음을 알아차렸음에도 불구하고, 이런저런 일에 얽매여 그녀를 자주 찾아오지 못했다고 변명하고 싶지 않았기 때문에 나는 목도한 것을 언급하지 않았다. 만약 그렇게 변명한다면 오히려 그녀의 고통이 배가될 것이었기 때문에 나는 가만히 그녀의 실망을 알아차릴 뿐이었다.

여러 가지 이야기를 적당히 나눈 후에 나는 그녀에게 알려 드리고자 했던 이야기를 시작했다.

"새로운 소식이 있어 여사님께 말씀드리러 왔습니다."

"자네에게 아주 좋은 소식이길 바라. 아마도 자네의 일에 있어 발전과 관련된 소식이 틀림없을 거야." 그녀는 관심을 드러내며 내 대답을 기다렸다.

"아닙니다. 정말 좋은 소식이지만 일과는 관련이 없습니다. 제가 곧 결혼한다면 여사님은 매우 기뻐하실 겁니다."

나는 여사님이 살짝 몸을 떠는 것을 눈치챘다. 아마도 이 새로운 소식이 그녀의 예상에 없었기 때문일 터였다.

"놉펀이 결혼할 거라고?" 그녀는 불확실하게 되뇌었다. "자네가 방콕에 도착한 첫날 자네를 마중하러 나온 여성과 결혼하는 거 맞지?"

"여사님은 우리의 이야기를 줄곧 알고 계셨습니까?"

"아니, 나는 전혀 몰라. 그냥 추측했을 뿐이네. 자네는 그 여성과 오랫동안 연락을 주고받았나?"

"그녀는 저의 약혼녀입니다."

"언제부터?" 끼라띠 여사의 표정은 기쁨으로 빛나는 대신 의심으로 가득 차 보였다.

"7~8년 전부터요. 제가 일본으로 떠나기 얼마 전입니다."

"하지만 내가 도쿄에서 자네를 만나는 동안 자네는 약혼자에 대한 얘기를 나한테 말해 주지 않았어." 그녀의 목소리는 한층 더 의구심이 있음을 표현했다.

"아마도 저 자신이 약혼한 일에 전혀 관심이 없었기 때문이었을 겁니다."

"그리고 이제 자네는 이전에 관심을 가진 적이 없었던 여성과 결혼하기로 마음을 정했고."

"아버지의 소원이었습니다. 그리고 저도 아무런 이의가 없습니다. 사실 그녀는 교육을 받고 좋은 배경을 가진 여성입니다. 결혼이 제 삶의 기반이 지금보다 좋아지도록 도와줄 것입니다."

끼라띠 여사는 의미를 이해하기 어려운 시선으로 나를 잠시 동안 쳐다보고는 말했다. "자네는 아직 약혼자의 이름을 나에게 말해 주지 않았네."

"이름은 쁘리입니다. 쁘리 부라나왓.'"

"얼굴도 예쁘고 이름도 아름답네." 그녀는 공허하고 확신 없이 미소를 지었다. "정말로 축하하네."

그러고 나서 그녀는 나에게 손을 내밀었다. 그사이 나는 그녀에게 말했다. "여사님은 저를 축하해 준 첫 번째 사람입니다."

"큰 영광이네." 그녀는 예의 바른 태도로 대답했다.

우리는 잠시 가만히 있었다. 내가 계속해서 그녀와 무슨 대화를 나눌지 아직 생각해 내지 못하고 있는 사이에 끼라띠 여사가 먼저 말했다.

"눕펀, 자네는 결혼에 대해 어떤 이상을 갖고 있나?"

"저는 거의 대답할 길이 없습니다. 저는 이런 문제에 대답하는 데 능숙하지 않습니다."

"자네는 나에게 세세한 문제를 많이 물어본 적이 있고, 나는 전혀 피한 적이 없어. 내가 자네에게 물어보게 되었을 때 자네 역시 피할 수 없을 걸세."

"저는 피하려는 것이 아닙니다. 다만 제가 명확하게 설명할 결혼에 대한 아무런 이상을 가지고 있지 않아 우려되어 그렇습니다."

"자네가 결혼에 대해 아무런 이상이 없다고 말하는 것이 놀랍네." 그렇게 말하고 나서 끼라띠 여사는 한숨을 내쉬었다. "남자들은 모두 자네와 같은가, 눕펀?"

"모두가 같지는 않을 겁니다. 하지만 아마 대부분은 저와 같다고 할 수 있을 겁니다." 나는 느낌대로 대답했다. "남자들은 다른 무엇보다도 일에 대한 이상을 품고 있을 겁니다. 예컨대 저처럼요."

"자네는 자네의 약혼녀를 사랑하나?"

"우리는 서로 만난 시간이 적었습니다. 각자 적당히 만족하고 있습니다. 그리고 저는 결혼하고 나면 우리가 서로 사랑할 수 있을 거라 희망합니다."

"젊은 남녀들이 결혼하려고 마음을 먹기 전에 사랑은 필수적인 것이 아닌가?" 놀라움으로 가득한 물음이었다. "나는 사랑은 하되 결혼은 하지 말라는 말만 들어 봤는데, 여기 놉편은 결혼하고 나서 나중에 사랑을 할 거라고 하네."

"만약 결혼하기 전에 서로 간에 사랑이 있다면 더욱 좋은 일이겠지요. 어쨌든 저는 사랑은 견디기 힘든 복잡한 일이고 고통으로 가득 차 있다고 여깁니다."

"무엇이 자네로 하여금 사랑을 그런 식으로 보게 만들었나?"

"왜냐하면 한때 제가 사랑을 한 적이 있었기 때문입니다."

"제발 자네의 이야기를 모두 들려주게." 끼라띠 여사의 눈이 반짝거리기 시작했다.

"여사님은 그 이야기를 누구보다 자세히 잘 알고 있습니다. 사건은 여사님이 일본에 갔다가 저를 떠나올 때까지 일어났습니다. 처음에는 사랑이 제게 기쁨을 주었지만 너무나 잔인한 고통으로 끝났습니다. 제가 너무 부적절하게 감정에 휘둘리도록 스스로를 내버려 두었다고 나중에 생각했습니다. 저는 여사님을 제 누이처럼 사랑하고 존경해야 했습니다. 그때 저는 제가 많이 잘못했음을 깨달았습니다. 그때부터 저는 당시의 일을 완전히 잊으려고 노력했습니다. 그리고 그때, 마찬가지로 저는 그처럼 불같이 뜨거운 사랑이 얼마나 큰 고통의 근원이 되는지 알았습니다. 제가 다시는 그런 사랑을 하지 않을 거라 믿습니다."

끼라띠 여사는 멍하니 앞을 보면서 아무런 대답도 하지 않았다.

"저는 여사님과 이 이야기를 다시 나눌 거라고 전혀 생각지 못했습니다." 나는 이어서 말했다. "그 일들은 저를 부끄럽게 하고 저 자신을 혐오하게 만듭니다."

"사람들은 사랑에 대해 서로 다른 가치관을 갖고 있지. 그리고 나는 사랑이 우리의 마음을 몹시 짓누르고 괴롭히고 때로는 견디기 힘들다는 점에서 자네 말에 동의하네. 그 고통으로부터 빠져나올 수 있고 과거를 다 잊을 수 있는 다른 모든 사람들처럼 자네는 똑바로 했네. 하지만 어떤 바보 같은 사람은 자네처럼 하지 못할 수도 있다네. 다시 한 번 축하하네." 그녀는 잠시 가만히 있었다. 그녀의 눈은 내 눈을 쳐다보지 않았다. 그리고 고개를 돌려 얼굴을 마주했을 때 그녀가 물었다. "이봐, 자네는 언제 결혼하기로 정했는가?"

"아버지가 약 3개월 후라고 저한테 말씀하셨습니다."

"미리 축복해 줄게. 나는 사랑에 대한 믿음을 가진 사람이야. 그러니 나는 자네 두 사람이 서로 사랑하기를 빌어 줄게. 결혼하기 전이든 후든 간에 깊이 그리고 가장 빠르게 서로 사랑하길 바라네." 그녀는 앞에 놓인 찻잔을 집어 꽤 활기찬 모습으로 높이 들었다. 나에게 환하게 웃어 보이고서 말을 계속했다. "내 사랑하는 친구인 자넬 위해 마시겠네. 자네 두 사람의 사랑과 행복을 위하여." 차를 한 모금 마신 후에 그녀는 잔을 내려놓고 말을 이었다. "나는 자네의 결혼에서 모든 것을 도와줄 첫 번째 사람이야."

한참을 더 대화하는 동안 나는 그녀가 그리 편하지 않은 몸 상태임을 알아챘다. 하지만 그녀는 나에게 완벽하게 즐거움을 표현하기 위해 몸 상태를 드러나지 않게 감추려고 노력하는 듯 보였다. 나는 눈치챈 것을 그녀가 알도록 표를 내지 않았다. 단지 해야 할 일이 있다는 핑계를 대며 서둘러 그녀에게 작별 인사를 하고 돌아갔다. 그랬음에도 불구하고 나는 그녀와 거의 두 시간 동안 대화를 나눴다. 그녀가 몸이 별로 안 좋을 때와 맞물려 중요한 소식을 전하러 온 것이 아쉬웠다. 만약 정상적인 상태였더라면 끼라띠 여사는 몇 배나 더 반가움을 보였을 테고, 분명 내가 빨리 작별하고 떠나가도록 허락하지 않았을 것이다. 당시 나의 생각은 그랬다.

19장

　그때 끼라띠 여사를 방문한 것이 그녀의 삶 최후의 서막이 될 거라고는 나는 꿈에도 생각하지 못했다. 게다가 새로운 막이 아주 빠른 시간 안에 끝났음은 얼마나 잔인한 일인가!

　나와 약혼녀 쁘리의 결혼식은 정해 둔 일자에 따라 행해졌다. 우리의 결혼식이 매우 성대하게 치러졌고, 나와 아내에게 얼마나 큰 기쁨이 되었는지는 설명하지 않겠다. 내가 끊임없이 아쉬웠던 점은 바로 끼라띠 여사가 우리의 결혼식에 오지 못했다는 점이었다. 그녀는 오후에 서신을 든 사람을 나에게 보내와 그녀가 아파서 결혼식에 올 수 없고 편지에 행복을 빌었다는 말을 전했다. 그리고 몸이 괜찮아지면 나를 찾아오겠다고도 했다.

　나는 결혼식 후 아내와 2주 동안 후아힌'에 쉬러 가기로 계획을 세워 두었다. 후아힌에 가기 전에 나는 아내를 데리고 끼라띠 여사를 만나러 집을 찾아갔는데, 결혼 후 3일이 되는 날이었다. 끼라띠 여사는 우리에게 아픈 것이 좀 나았고 가까운 시일

내에 우리를 만나러 가려 했다고 말했다. 나는 그녀가 평상시보다 여위었고 초췌하다는 걸 확연히 알아볼 수 있었다. 아픈 상태에 대해 질문을 받았을 때 그녀는 피곤하다고 느끼고 우리 결혼식 날에는 열도 있었다고 말했다. 그날 끼라띠 여사는 기운이 없어 보였고 말수도 적었다. 그녀는 우리의 결혼식 날 있었던 일을 이야기해 달라고 청했다. 그러고 나서 그녀는 가만히 듣고 간간이 물었다. 그리고 결혼식 날 쁘리의 기분에 대해 물었다. 나는 그녀의 몸 상태가 정상적이지 않아서 즐겁지 않을까 염려되어서 한 시간 정도를 머문 뒤 인사하고 돌아왔다.

집 밖으로 나와서 쁘리는 생각을 드러냈다. "상냥하고 아름답지만 좀 오묘한 사람 같아요."

***

두 달이 지났다. 놀라움으로 가득하고 모든 비밀이 공개되는 사건은 12월의 어느 날 저녁에 일어났다!

그날 저녁 내가 직장에서 집으로 돌아와 아직 옷을 채 갈아입기도 전에 일하는 아이가 와서는 한 여성이 찾아와 나를 급히 만나기를 원한다고 말했다. 나는 서둘러 응접실에 여성을 만나러 갔다. 그 여성은 바로 끼라띠 여사의 이모였는데, 초조함과 불안함으로 가득한 표정과 태도로 앉아서 나를 기다리고 있었다.

"여사님께서 저를 급히 만나기를 원하는 겁니까?" 내가 말을 시작했다.

"여사님이 지금 위중합니다." 부인이 말했다.

"제가 지난번에 보러 갔을 때는 좋아지고 있었는데, 아닌가요?" 나는 놀라움과 이상한 마음이 뒤섞인 채로 질문했다. "어디가 또 편찮으십니까?"

부인이 나에게 말하기를 끼라띠 여사는 가벼운 결핵을 앓아온 지 2년 정도가 됐는데, 원래는 치료를 잘 받으면 병세가 생명에 위험할 정도까지 갑자기 악화되지는 않는 줄 알고 있었고 나을 수 있다는 희망이 있었다, 하지만 두 달 전부터 병세가 심각한 쪽으로 바뀌었고, 지난 2~3일 사이에 매우 우려될 정도로 상태가 심각해졌다, 열이 심하고 가끔 섬망 증상도 있으며 헛소리를 할 때는 남편인 공(公)과 일본에 놀러 갔을 때에 대해 자주 이야기를 하고 내 이름을 빈번히 언급한다고 했다.

"누군가 그녀를 방문하면 아직 이름을 말하기도 전에 그녀는 매번 '놉편이 나를 찾아온 거야?'라고 묻곤 해요. 그녀는 정신이 있을 때 물어봐요." 부인은 나에게 계속해서 이야기를 들려주었다. "아니라고 대답하면 그녀는 크게 한숨을 내쉬고 아무 말도 하지 않아요. 내가 놉편 씨를 만나고 싶은 거냐고 물어보면 그녀는 고개를 가로저으며 '놉편을 찾아가지 마라, 절대로 그의 행복을 방해하러 가지 마라'라고 반복해서 단단히 일러요. 하지만 또 다른 사람이 방문할 때 그녀는 또 당신에 대해 물어요. 나는 그녀가 당신을 몹시 보고 싶어 한다고 확신해요. 하지만 대체 무슨 이유로 그녀가 당신을 불러오지 말라고 하는지 모르겠어요. 나는 그녀가 너무나 불쌍하고 더 이상 참고 볼 수가 없어서 시간을 내어 당신을 만나러 왔어요. 그녀에게는 말하지 않았어요. 나는 의사가 약을 사 오라고 했다고 그녀에게 거짓말을 했고, 의사는 내가 어디 가려는지 진실을 알고 있어요."

나는 상황이 정말로 그렇게 됐을 거라고는 믿기 어려웠다. 무슨 이유로 끼라띠 여사가 그토록 급작스레 상태가 악화되었는가? 그리고 어떤 이유로 그녀가 의식이 혼미하여 헛소리를 하면서까지 쉼 없이 내 이름을 언급하는가? 하지만 상황은 모든 점에서 정말로 그녀의 이모가 내게 들려준 대로였다. 부인이 이야기를 끝냈을 때 나는 더 이상 아무것도 묻지 않았다. 나는 매우 놀랐고 그녀의 생명이 걱정됐다. 우리는 서둘러 끼라띠 여사의 집으로 직행했다. 집에 도착이 가까워지자 나는 나를 부르러 온 사람이 있었음을 절대로 그녀가 알아차리게 드러내 보이지 말라는 주의를 들었다. 나는 확고하게 응낙했다.

부인은 나를 데리고 가서 응접실에서 기다리게 했다. 잠시 후 끼라띠 여사의 주치의가 다가와 나와 대화했다. 의사는 환자의 상태가 단지 빠르냐 늦냐일 뿐 가망이 없다고 나에게 설명해 주었다. 나는 의사로부터 끼라띠 여사의 친척들 모두가 우리 두 사람이 서로 특별한 관계를 맺고 있을 것이고, 그렇기 때문에 끼라띠 여사가 죽기 전에 나를 한 번은 만나야 할 거라는 결론을 내렸다는 얘기도 전해 들었다. 나는 조용하고 신중한 상태로 앉아서 듣고 있었다. 마음속은 형언할 수 없는 슬픔으로 가득 차올랐다.

10분 정도를 기다렸을 때 부인이 나와서 내가 시간을 잘 맞춰

서 왔는데, 왜냐하면 끼라띠 여사가 상당히 정상적인 의식을 가진 상태이기 때문이라고 일러 주었다.

"여사님은 제가 들어가서 만나도 될 준비가 되었습니까?" 내가 물었다.

"잠시만 기다려 주세요. 그녀는 지금 옷을 갖춰 입는 중이에요."

"네? 왜 옷을 갖춰 입어야 합니까?" 나는 놀라서 소리쳤다. "부인은 나한테 여사님이 많이 아프다고 말하지 않았나요? 의사도 그렇게 확언했고요."

부인은 자리에 앉더니 나와 의사에게 방 안에서 일어난 일을 얘기해 주었다.

"여사님이 지금 많이 아픈 것이 맞아요. 그리고 나도 무슨 이유로 그녀가 옷을 차려입으려 하는지 몰라요. 나는 그녀의 친한 친구인 놉펀 씨가 오는데 옷차림에 신경 쓸 필요가 없지 않냐고 반대했어요. 그녀는 미소로 답했는데, 그녀가 많이 아파 누운 이후로 그렇게 생기 있게 웃는 모습은 처음 봤어요. 그녀는 '내가 나의 사랑하는 친구를 맞이하기 위해 아름답게 옷을 차려입어야 하는 것은 필수적이야. 쑤탄, 언니가 옷 입는 것 좀 도와 줘.'라며 나의 반대에 응수했어요. 그녀는 몸을 돌려 그녀의 여동생에게 말했어요. '내가 어떻게 해야 좋아하는지 네가 알고 있는 대로 최고로 꾸며 줘. 내 머리도 새로 만져 주고 내 방식대로 입술도 칠해 줘. 그리고 가서 옷장에 있는 예쁜 옷들을 가져와 고르게 해 줘, 쑤탄. 내가 죽기 전에 한 번 더 나를 아름답게 만들어 줘.' 그녀는 힘없이 웃었지만 나와 쑤탄은 슬픈 얼굴이 됐고 심금을 울리는 애처로움에 눈물을 참을 수 없을 정도였어요. 결국 우리는 그녀의 바람에 굴복해야 했어요. 쑤탄이 지금 그녀에게 옷을 입혀 주고 있어요."

말하는 동안 부인의 눈에는 눈물이 맺혔고 흐느낌을 참고 견디려 힘껏 노력하는 것을 볼 수 있었다. 의사는 고개를 숙이고 조용히 경청했다.

"그녀가 나에게 '내가 위중해서 곧 죽는다고 말했어요?'라고 물었어요." 부인이 계속해서 말했다. "나는 그녀의 기분을 맞추기 위해 거짓말을 해야 했어요. 왜냐하면 그녀가 자신이 위중하다는 사실을 당신이 알게 하고 싶어 하지 않는다는 점을 잘 알기 때문이에요. 그러고 나서 그녀는 만족스럽게 말했어요. '아주 잘했어요, 이모. 놉편에게는 그냥 내가 조금 아프다고만 말해 줘요. 그를 놀라게 하지 마세요.'"

부인이 말을 멈췄을 때 우리 세 사람은 다 같이 침묵했다. 응접실의 공기는 슬픔과 처량함으로 가득했다. 잠시 후 끼라띠 여사가 옷을 다 차려입었는지 보러 가기 위해 부인이 자리에서 일어났다. 10분쯤 뒤에 부인이 돌아와서 준비가 다 됐다고 나에게 말하고 나를 데리고 환자의 방으로 안내했다. 걸어가는 도중에 나는 아직 살아 있는 사람을 보러 간다기보다는 끔찍이 사랑하는 사람의 시신을 보러 가는 중인 것처럼 슬프고 허전한 기분을 느꼈다.

끼라띠 여사는 침실에 누워 있었다. 방문턱으로 발을 내딛어 들어섰을 때 나는 잠시 동안 어리둥절했다. 나는 약병으로 가득 찬 어둡고 답답한 방 안에 누워 있는 죽음이 가까워진 병자의 모습과 눈물로 범벅이 된 채 앉아서 그녀의 상태를 보고 있는 두세 사람을 마주해야 하리라 예상했다.

하지만 내 상상은 사실에서 완전히 빗나갔다. 그 방 안은 활짝 열린 모든 창문을 통해 들어오는 오후 5시경의 밝은 빛으로 환했다. 끼라띠 여사는 침대 머리 쪽으로 베개에 등을 기대고 침대의 긴 부분을 따라 발을 쭉 뻗고 앉아 있었다. 초록색 중국식 문양이 있는 흰색 천이 하반신을 덮고 있었고, 그 천의 무늬와 같은 색깔의 옷을 입고 검정색 벨벳 숄을 한 겹 더 걸치고 있었다. 그 천들은 그녀의 몸이 지금 죽음의 땅에 완전히 가까이 이동하고 있다고 판단할 수 있는 신체의 각 부분을 내가 보지 못하게 감추고 있었다. 공들여서 치장을 받은 머리와 얼굴은 겉으로만 볼 때는 거의 부서질 정도로 쇠약하고 생기 없음을 감출 수 있었다. 그 아름다운 입술 위의 세 개의 빨간색 삼각형은 나로 하여금 끼라띠 여사가 전혀 아프지 않다고 믿게 할 정도였다.

침대 옆 조그만 탁자 위에는 신선하고 눈을 즐겁게 하는 빨간색 크리스마스 꽃이 잔뜩 담긴 크리스털 화병이 놓여 있었다. 침대 옆 창가에는 카나리아 새장이 두 개 매달려 있었다. 작은 새가 깡충깡충 뛰어다니면서 즐겁게 지저귀는 소리를 내고 있었다. 방 안의 모든 것이 아름답게 장식되어 있었고 임종 때가 가까워진 위중한 사람의 방이라는 흔적은 전혀 없었다. '이거 속은 건가, 어떤 건가' 하고 의심이 들 정도였다.

내가 방에 들어와 서 있는 걸 보았을 때, 끼라띠 여사는 내가 들어가기 전에 그녀가 책을 읽고 있었다고 내가 생각하게끔 보여 주기 위해서 손에 들고 있던 책을 몸 옆으로 내려놓았다.

"놉편, 여기 앉아." 그녀는 침대 언저리에 놓아 둔 의자를 가리켰다. "내가 몸이 좀 안 좋아서 침대 위에서 자네를 맞이하네."

그녀의 목소리를 듣고 나는 깜짝 놀랐다. 왜냐하면 그 소리는 쉬었고, 거의 잘 들리지 않을 정도로 약했기 때문이었다. 나는 걸어가 조용히 의자에 앉았다.

"여사님이 보고 싶어서 만나러 왔습니다."

"정말 고맙네. 나는 자네가 아직 나를 완전히 잊지 않았다는 걸 알아." 그녀는 흐뭇하게 미소를 지으면서 침대 머리맡에 서서 그녀를 지켜보고 있는 여성을 향해 고개를 돌렸다. "여기는 내 여동생 쑤탄이라네. 내가 말한 적이 있듯이 결혼에서 사랑과 행복을 찾은 사람이지."

나는 쑤탄에게 고개 숙여 인사했다.

"모두들 바깥에 나가서 쉬어도 좋아. 그리고 쑤탄도 같이." 끼라띠 여사는 계속해서 말했다. "나를 놉편과 단둘이 있게 해 줘."

그들은 모두 서로 눈빛을 교환했다. 나는 조용히 있었다.

"제발 걱정하지 마. 나는 중하게 아프지 않으니까."

쑤탄은 걸어와 부인과 의논했다. 잠시 후 주치의가 들어와 그녀와 너무 오래 대화를 나눠서 그녀를 많이 지치게 만들지 말라고 나에게 속삭였다.

모든 사람이 방 밖으로 나갔을 때 끼라띠 여사는 행복하다고 말하는 눈빛으로 내 쪽을 바라보았다. 나는 의자를 끌어서 침대 가까이 다가갔다.

"오늘 자네를 만날 줄 전혀 생각하지 못했네. 비록 내 인생의 마지막이라고 하더라도 나는 자네를 다시 볼 거라고 아예 생각지 못했어." 그녀의 눈은 나를 쳐다보면서 꿈쩍도 하지 않았다.

"지금 저는 여사님 앞에 와 있습니다. 그리고 여사님이 원하는 한 계속 머물 겁니다." 나는 확고한 목소리로 대답했다.

"불가능해, 놉편. 왜냐하면 자네는 내 것이 아니니까."

"저는 여사님이 무슨 뜻으로 말하는 건지 이해할 수 없습니다."

"맞아, 자네는 이해하지 못할 거야. 왜냐하면 자네는 우리가 알게 된 첫날부터 나를 이해한 적이 없었으니까." 그녀의 눈빛에 비웃는 듯한 감정이 보이는 듯했다.

"제가 아직 이해하지 못하는 것이 또 뭐가 있는지 제발 저한테 말씀해 주십시오."

"자네는 모든 것을 이해하지 못해. 전부 이해하지 못해. 자네 자신조차도 이해하지 못해."

나는 그녀의 의미를 해석할 수 없었다. 나는 그녀를 미심쩍게 바라보았다.

그때 그녀가 손을 다른 베개 아래로 넣어 도화지 한 장을 꺼내어 들었다.

"이것은 내가 일본에서 돌아온 후에 내 솜씨로 그린 그림이라네. 이 그림을 자네의 결혼 선물로 주고 싶어."

나는 그 그림을 받아서 관심 있게 살펴보았다. 물감으로 그린 그 그림은 산비탈을 따라 커다란 나무들이 무성한 어느 산기슭을 지나 흐르는 개울의 모습을 표현했다. 개울의 다른 한쪽은 바위 절벽 위를 지나가는 오솔길이었다. 어떤 부분은 높고 어떤 부분은 낮아 크고 작은 바위들로 울퉁불퉁했다. 그 바위 절벽을 따라서 작은 나무 위에 갖가지 색의 들꽃과 덩굴 식물이 쭉 뻗어 있었다. 저 멀리 개울과 거의 닿을 정도로 낮아지는 커다란 바위 위에 두 사람이 앉아 있는 모습을 보여 주었다. 원거리에서 보이도록 그린 그림이었다. 한 모서리의 하단에는 '미타케'라고 조그만 글씨로 적혀 있었다.

나는 그 조그만 그림을 내게 준 끼라띠 여사의 의미를 찾아보려고 노력했다.

"솜씨가 좋지 않네, 놉펀. 하지만 그 그림에는 인생과 마음이 담겨 있어. 그래서 그것은 자네 결혼 선물이 되기에 적합해."

내가 얼굴을 들어 그녀와 눈을 마주쳤을 때 그녀는 물었다.

"그곳에서 무슨 일이 일어났었는지 기억해, 놉펀?"

나는 미타케산에서의 일을 선명하게 떠올릴 수 있었다. 그리고 나는 이제서야 끼라띠 여사의 의미에 대해 막연하게 이해하기 시작했다.

"제 사랑이 그곳에서 태어났습니다." 내가 대답했다.

"우리의 사랑이야, 놉펀." 말하고 나서 그녀는 눈을 감았다. 그리고 너무나 힘없이 말을 이었다. "자네의 사랑은 그곳에서 태어났고 그곳에서 죽었지. 하지만 다른 한 사람의 것은 죽어 가는 몸에서 여전히 자라나고 있어."

여전히 감겨 있는 눈꺼풀에서 눈물이 흘러나왔다. 끼라띠 여사는 지쳐서 조용히 앉아 있었다.

나는 가슴이 찢어질 듯한 사랑과 애틋함으로 그 몸을 바라보았다.

7일 후에 끼라띠 여사는 죽었다. 나는 그 암울한 시간 동안 그녀의 친척들과 함께 그녀 앞에 머물렀다. 숨을 거두기 전에 그녀는 연필과 종이를 요청했다. 그녀는 나에게 마지막 말을 전하고 싶어 했지만 목소리가 사라지고 기운도 다했다. 그래서 그녀는 종이 위에 다음과 같이 썼다.

나는 나를 사랑하는 사람 없이 죽는다.
하지만 나는 내가 사랑하는 사람이 있어 족하다.

11 **아티깐버디 공(公)** 짜오쿤 아티깐버디(**เจ้าคุณอธิการบดี**), 짜오쿤은
국왕이 하사한 관직명으로 짜오쿤 아티깐버디는 작위명이다. 호
칭할 때 짜오쿤이라고 부른다.

끼라띠 여사 멈랏차웡 끼라띠(**หม่อมราชวงศ์กีรติ**), 멈랏차웡은 태국
의 왕족 칭호로, 멈짜오(**หม่อมเจ้า**, 국왕의 손자)의 자식, 즉 국왕의
증손에 해당한다.

15 **끼라띠 여사님** 원문에서 쿤잉(**คุณหญิง**)이라고 지칭하여 '여사님'으
로 번역했다. 멈랏차웡에 해당하는 왕족 여성을 부르는 말이다.

17 **허이티안라우** 방콕의 차이나타운인 야와랏에 위치했던 고급 중식
당 이름. 1932년에 개업해서 1988년에 문을 닫았는데, 오늘날까지
도 미식가들에게 전설로 남아 있는 식당이다.

20 **방콕의 4월** 태국의 기후는 여름-우기-겨울로 대별되는데, 일반적
으로 3월에서 5월이 여름에 해당하고 4월은 여름의 중심으로 한
해 중 가장 더운 달이다.

21 **시암** 시암(Siam, **สยาม**)은 태국의 원래 이름이다. 우리가 알고 있는
태국, 즉 타일랜드(Thailand)라는 국호는 1939년부터 사용되었다.

31 **하누만** 태국의 대표적인 운문서사문학인 『라마끼안(라마의 영광)』
에 나오는 하얀색 원숭이 장군으로, 인간의 몸에 원숭이의 머리와

긴 꼬리를 지녔다. 신통력을 지닌 원숭이로 불사의 능력을 가진 불멸의 존재이기도 하다.

31 **막으러 가기 위해서** 『라마끼안』의 「프라락이 목카싹 창을 맞다」 장에서 자신들을 쫓아오는 태양을 막기 위해 하누만이 가서 태양신의 전차를 막도록 하는 장면을 가져다 비유한 것이다.

48 **아티스트** 원서에서 아티스트(artist)라는 표현을 사용하여 그대로 옮겼다.

54 **오야스미나사이** '잘 자요, 안녕히 주무세요.'(잘 때나 밤에 헤어질 때 등에 하는 인사말)에 해당하는 일본어

55 **다이부스** 대불(大佛). 거대한 청동대불로 고토쿠인[高德院] 사찰의 본존불. 일본의 국보이며, 일본 3대 불상 중 하나로 높이는 11.32미터다.

59 **슬로 폭스트롯** 슬로 폭스트롯(Slow fox trot)은 영국의 귀족 댄스다.

82 **아직 국가 통치가 바뀌지 않았을 시절** 태국은 1932년 입헌혁명을 통해 절대군주제에서 입헌군주제로 정치 체제가 변화했다.

83 **보그** 보그(Vogue)는 1892년에 창간된 미국의 패션 월간지로, 원래는 사회 주간지였다가 1973년 월간지로 바뀌었다.
   맥콜스 맥콜스(McCalls)는 1873년에 창간되어 2002년에 폐간된 미국의 여성 월간지로, 20세기에 큰 인기를 얻었는데, 특히 1960년대 초가 인기 절정이었다.

117 **모지** 모지(門司)는 후쿠오카현 기타큐슈시의 항구도시 이름이다.

143 **방까삐** 방까삐(บางกะปิ)는 방콕의 동쪽 아래에 위치한 지명이다.
   라이 태국의 토지 면적 단위, 1라이=1,600제곱미터

157 **쁘리 부라나왓** 태국에서는 '이름+성'의 순서로 성명을 말한다.

162 **후아힌** 후아힌(หัวหิน)은 태국의 대표적인 해변 휴양 도시다.

이루어질 수 없는 엇갈린 사랑

신근혜(한국외대 태국어과 교수)

소설 『그림의 이면(캉랑팝, ข้างหลังภาพ)』은 태국을 대표하는 소설가이자 신문인인 씨부라파(ศรีบูรพา)의 장편 소설로, 1936년 12월부터 1937년 1월까지 일간지 『쁘라차찻(ประชาชาติ)』에 연재된 후, 1938년 총 7장의 내용을 추가하여 완성되었다. 출간 이래 2021년까지 49쇄를 찍어낸 태국의 가장 유명한 소설 중 하나다. 언어의 아름다움과 감동적이고 인상적인 내용으로 오늘날까지 독자들에게 인기를 얻고 있다.

『그림의 이면』은 태국의 정치 체제가 절대군주제에서 입헌군주제로 바뀐 1932년 이후의 격변기에 연상의 왕족 출신 유부녀 끼라띠(กีรติ)와 일본 유학생 연하남 놉펀(นพพร)의 이루어질 수 없는 사랑과 이별을 그린 이야기다. 일본이라는 공간이 주는 이국적인 분위기와 주인공들의 이야기가 잘 어우러져 아름다운 작품이 탄생했다. 제목인 '캉랑팝'은 죽음을 앞둔 끼라띠가 자신의 단 하나의 사랑이었던 놉펀에게 건넨 그림과 그 이면에 숨겨진 둘만의 사랑과 추억을 뜻한다.

소설의 원제인 '캉랑팝', 즉 그림의 이면에 담긴 이야기에 대해 주로 끼라띠와 놉펀을 각각 전통적, 전근대적 봉건제의 상류 계층과 신흥 자본가 계층이자 중산층을 대표하는 인물로 보면서, 그들의 관계는 당시 태국 사회의 신구 세력의 갈등이며, 끼라띠의 죽음은 시대적 변화에 부응하지 못하는 기득권 계층의 몰락을 보여 주는 것이라 종종 분석되곤 한다. 따라서 죽음을 앞둔 끼라띠의 절절한 사랑 고백은 자기 계층의 몰락에 대한 위안의 말에 지나지 않는다고 보는 경향도 있다. 하지만 소설 『그림의 이면』은 이루어질 수 없는 두 남녀의 만남과 사랑, 그리고 이별의 과정과 감정을 세밀하고 아름답게 묘사함으로써 시대를 초월하여 감동을 자아내는 사랑 이야기임이 분명하다. 작가 씨부라파의 수려한 문체가 더해져 태국의 대표 로맨스 소설로 손꼽힌다. 1981년에 TV 드라마로, 1984년과 2001년에 영화로, 2008년과 2018년에는 뮤지컬로 만들어졌다는 점은 이 작품이 여전히 많은 사랑을 받고 대중성을 확보하고 있음을 보여 준다. 2015년에는 브로드웨이의 파세데나 플레이하우스(Pasadena Playhouse)에서 'Waterfall'이라는 제목의 영어 뮤지컬로 무대에 올랐다. 씨부라파의 작품 중 드라마, 영화, 뮤지컬로 리메이크된 유일한 소설이기도 하다.

씨부라파의 일본 방문과 『그림의 이면』의 탄생

씨부라파의 본명은 꿀랍 싸이쁘라딧(กุหลาบ สายประดิษฐ์)이다. 그는 여러 개의 필명으로 활동했으며 그중 '씨부라파'라는 필명이 가장 널리 알려져 있다. 태국의 근대화 시기에 태어나 신식 교육을 받은 씨부라파는 입헌혁명 전후 태국의 격변기에 작가이자 신문인으로서 글을 통해 진보적인 사상을 피력하고 사회 부조리를 비판한 대표적인 작가다.

고등학생 때부터 동급생들과 학급 신문을 발행하고 신문에 시를 기고하는 등 창작에 재능을 보인 씨부라파는 텝씨린 중고등학교 졸업 후 신문사에서 일하기 시작하였고, 신문인으로서 사설을 쓰는 한편, 단/장편 소설 창작활동을 이어 간다. 1929년에는 평민 출신의 청년 작가 동인인 '카나쑤팝부룻(신사단)'을 결성하고 격주간지 『쑤팝부룻』을 창간하는데, 이 신문은 태국 최초로 글을 싣는 작가들에게 원고료를 지불했다. 일간지 『방껏깐므앙』의 편집장으로 부임하여 본격적으로 신문인의 길을 걷기 시작한 그는 1932년 입헌혁명 발생 후 당시 가장 진보적인 신문인 「쁘라차찻」의 편집장이 된다. 그는 소설 창작을 게을리하지는 않았지만, 신문인으로서 사설을 쓰는 데 중점을 두었다. 인본주의자이자 정의를 사랑하는 신문인으로서 씨부라파는 자주와 민주주의를 사랑했고, 그것을 글로 썼다. 1942년 제2차 세계대전 당시에는 일본과의 공수동맹 체결에 반대하는 칼럼을 써서 내란죄로 구속되었고, 1952년에도 일명 '평화 반란(까봇

싼띠팝)'으로 부르는 반란죄로 구속되어 수감되었다. 1958년 중국 방문 중 태국에서 쿠데타가 발생했고, 그는 중국으로 망명하여 1974년 현지에서 사망한다. 이렇듯 그는 일생을 자유와 민주주의, 정의를 중요한 신념으로 작품 활동과 신문업에 종사했다.

그의 작품과 생애를 기념하기 위한 씨부라파 재단이 1987년 설립되었고, 1988년부터는 매년 자신의 분야에서 20년 이상 활발한 작품 활동을 한 작가와 언론인을 대상으로 '씨부라파상'을 시상하고 있다. 1994년에 그의 유골이 본국으로 송환되어 텝씨린 사원 묘지에 안장되었고, 1998년에는 씨부라파 도로가 지정되었으며, 2005년 그의 탄생 100주년을 맞아 유네스코 세계기념인물로 선정되기도 했다.

씨부라파는 1936년 「아사히 신문」 초청으로 일본을 방문하여 6개월간 체류하면서 일본의 신문 산업을 시찰하는 경험을 한다. 일본에서 돌아와 집필한 작품이 바로 이 소설 『그림의 이면』이다. 이 작품은 현재까지도 슬픈 사랑 이야기로 추앙받고, 끼라띠가 남긴 마지막 문장은 오늘날까지도 실연한 사람들에게 자주 인용되는 어구가 되었다. 의식적이든 우연이든 간에 끼라띠의 모습은 입헌혁명이라는 거대한 변화에 영향을 받은 구사회의 상류 계층을 대변하며 놉펀은 발전해 가기 시작하는 중산층을 대표한다. 한쪽이 전통적 가치 아래 옛것을 고수하고 있을 때 다른 한쪽은 과거를 잊고 변화할 준비를 마쳤다. 씨부라파는 이러한 사회 현상을 『그림의 이면』에 반영한다. "저는 제가 태국인이고, 아직 다른 나라들에 훨씬 뒤처져 있는 태국이라는 나라의 일원이라는 점을 한 순간도 잊지 않습니다. 나와서 공부하는 것도 태국의 발전을 모색하기 위해서입니다."(44~45쪽)라는 일본 유학생 놉펀의 말을 통해 일본의 발전상이 태국이 나아가야 할 모델이고, 그것을 배워 태국으로 돌아와 자국의 발전에 이바지해야 하는 것이 놉펀의 소임임을 이야기한다.

로맨스 소설 『그림의 이면』: 끼라띠와 놉펀의 사랑 이야기

『그림의 이면』은 나이와 신분 차이가 나는 두 남녀, 끼라띠와 놉펀의 사랑 이야기다. 연상녀이자 왕족 출신 여성인 멈랏차웡 끼라띠와 그녀보다 열세 살 어린 연하남이자 중산층 출신의 청년 놉펀이 이 소설의 주인공이다. 끼라띠와 놉펀의 만남-이별-재회, 그리고 관계의 끝은 대략 다음과 같다.

일본에서 유학 중인 스물두 살 청년 놉펀은 일본에 신혼여행을 오는 아버지의 친구 짜오쿤 아티깐버디와 그의 아내 끼라띠를 도와주는 임무를 맡게 된다. 놉펀과 끼라띠는 함께 보내는 시간이 길었고, 이에 두 사람은 가까워지고 친밀감이 쌓인다. 놉펀은 끼라띠를 만나 그녀의 아름다운 용모와 매력적인 언행에 반해 사랑에 빠진다. 그리고 두 사람이 미타케의 계곡으로 놀러 갔을 때 놉펀은 끼라띠에게 자신의 사랑을 고백한다. 끼라띠는 놉펀을 사랑했지만 자신의 속내를 말하지 않고, 놉펀에게 학업에 정진하고 멋진 미래를 위해 힘쓰라고 조언한다. 그래서 놉펀은 끼라띠가 자신을 사랑하지 않는다고 이해하게 된다.

짜오쿤과 끼라띠가 태국으로 돌아간 후 혼자 남은 놉펀은 사랑하는 끼라띠와의 이별에 너무나도 고통스러워하고, 끼라띠에게 편지를 보내 그의 사랑을 절절하게 표현한다. 하지만 시간이 지나면서 이 속수무책의 감정은 사라져 간다. 일본에서 학업을 마친 후 놉펀이 태국으로 돌아오고 끼라띠는 놉펀을 마중 나간다. 그때는 남편 짜오쿤이 죽은 후였기에 끼라띠는 자유로운 몸이었다. 하지만 이제 끼라띠에 대한 놉펀의 감정은 존경과 신뢰만이 남아 있을 뿐이었다. 놉펀은 가족이 정해 준 약혼녀 쁘리와 결혼하는데, 이 소식은 일본에서부터 놉펀에게 마음이 있었으나 표현하지 않았던/못했던 끼라띠를 상심하게 만들었고, 결국 끼라띠는 지병이었던 결핵이 악화되어 죽는다. 죽기 전 그녀는 미타케에서의 두 사람의 추억을 그린 그림을 놉펀에게 결혼 선물로 준다. 그때서야 비로소 놉펀은 끼라띠가 일본에서부터 그를 사랑했음을 깨닫는다.

고백체 소설『그림의 이면』: 놉펀의 고백

『그림의 이면』은 남자 주인공 놉펀이 자신과 끼라띠 사이에서 있었던 일을 들려주는 고백체 소설이다. 따라서 절대적으로 놉펀의 기억에 의존한 이야기라는 전제를 잊지 말아야 한다. 이 소설은 고백체 소설이기 때문에 사건이나 행위에 대한 묘사는 상대적으로 적고, 대부분은 놉펀과 끼라띠 사이의 대화와 놉펀의 생각 및 감정을 서술한다. 독자는 놉펀의 입장을 더 많이 이해하고, 놉펀의 생각과 말을 통해 끼라띠를 이해할 수밖에 없다. 그의 고백이 진짜로 일어났던 사실에 부합하는가, 즉 놉펀의 고백을 온전하게 믿어도 될지에 대한 의문이 생길 수 있다. 아울러 끼라띠와의 관계에 대한 그의 고백을 어떻게 받아들이고 이해해야 할지에 대해 생각해보게 한다.

놉펀은 연상이자 유부녀인 여성을 사랑했고, 그녀의 손을 잡고 키스를 하고 그보다 더한 것을 상상했다고 고백한다. 또 마음속 사랑의 불꽃은 소멸되었고, 끼라띠를 사랑하는 감정에 휘둘렸던 자신이 부끄럽다고까지 말한다. 이것을 어떻게 받아들이고 이해해야 할 것인가?

소설은 놉펀이 자신의 서재에 걸려 있는 '개울가'라는 제목이 달린 그림에 대해 말하는 장면에서 시작한다. 그는 그림의 하단 모퉁이에 '미타케'라는 글씨와 함께 6년 전의 날짜가 적혀 있다면서, 다른 사람들에게는 그 그림의 뒷면은 판지 한 장과 벽이 있겠지만 자신은 "그 그림의 이면에는 인생이 있고, 그 인생이 나의 마음에 새겨져 있음을 잘 알았다"(9쪽)고 말한다. 그럼 지금부터 그 그림의 이면에 어떤 인생이 담겨 있는지 놉펀의 고백을 들어 보자.

도쿄 역: 첫 만남

일본에서 유학 중인 스물두 살 청년 놉편은 아버지의 친구인 짜오쿤 아티깐버디로부터 편지 한 통을 받는다. 재혼한 아내와 신혼여행을 온다며 놉편의 도움을 요청하는 내용이었다. 그리고 놉편은 도쿄 역에서 짜오쿤의 아내인 끼라띠를 만난다. 끼라띠는 놉편의 예상과 완전히 다른 사람이었다. 그녀는 눈부신 외모와 우아하고 지적인 언행을 갖춘 멋진 여성이었다. 처음에 놉편이 그녀에게 가진 마음은 경외심이었다. 그리고 그녀가 왜 짜오쿤처럼 나이가 많은 남자와 결혼했는지 의구심을 품는다.

두 사람이 함께 보내는 시간이 많아지자 점차 친해져서 서로를 친한 친구라고 느끼게 된다. 외로운 유학 생활에서 다정스럽게 자신을 돌봐주는 그녀와 함께할 때 놉편은 행복을 느낀다. 3주가 지나서야 놉편은 그녀의 나이가 서른다섯 살이라는 사실을 알고 무척 놀란다. 하지만 이미 친밀감이 형성된 상태에서 나이를 알게 되었기에 서로의 나이 차는 중요하지 않았고, 놉편은 그녀를 서너 살 위의 친구처럼 여긴다.

호수의 밤: 감정의 변화

놉편은 아름다운 용모에 다정다감하고 지적인 끼라띠의 매력에 빠져들어 그녀를 추앙하고 좋아하게 된다. 어느 날 밤 두 사람이 호수에서 함께 노 젓는 배를 타면서 즐거운 시간을 보낸 후, 배에서 내리는 그녀를 부축해 주다가 처음으로 손을 잡게 된다. 그때 놉편은 이전에 한 번도 경험해 본 적 없는 생경한 감정을 느낀다. 이때부터 놉편은 끼라띠에 대해 이전과는 다른 감정에 사로잡힌다. 끼라띠는 여전히 놉편을 어린애로 취급하지만 놉편의 감정은 점차 변화하는데, 이제 놉편은 끼라띠를 친한 친구가 아닌 여성으로 느끼기 시작한다. 그리고 그녀를 향한 은밀한 상상까지 한다. 시간이 갈수록 두 사람의 관계 또한 더욱 깊어 간다.

미타케: 사랑의 탄생

도쿄 교외의 미타케로 소풍을 간 놉편과 끼라띠는 군중으로부터 떨어져 나와 고요한 자연 속에서 두 사람만 있는 듯한 분위기에 사로잡힌다. 이곳에서 끼라띠는 자신의 성장 과정과 결혼을 결심한 사연을 놉편에게 들려준다. 끼라띠는 평생 사랑을 꿈꿨지만 현실에는 없었고, 그 사랑을 기다리다 서른네 살이 되었다며, 자신의 남편은 늙었지만 좋은 사람이고 그녀의 결혼은 자발적 선택이었다고 이야기한다. 놉편은 사랑과 연민이 뒤섞인 자신의 감정을 주체하지 못하고 그녀를 향한 사랑을 고백하고 열정적으로 키스한다.

하지만 끼라띠는 놉편의 고백에 직접적으로 응답하지 않는다. 왠지 그의 감정을 이미 알고 있었기라도 한 듯 동요하지 않고 어른스럽고 이성적으로 충고할 뿐이다. 그녀는 사랑은 인생의 가장 큰 축복이고 인생 최고의 바람이라고 하면서도, 도덕이나 윤리는 개의치 않겠다는 놉편의 사랑에 대해서는 주변을 의식하고 현실적 이유를 들어 충고한다. 그러면서도 그의 사랑을 직접적으로 거부하지 않는 이중적인 면모를 보인다. 끼라띠에게는 자신을 열렬히 사랑해 주는 젊은 남성이 있어 행복하지만 현재 유부녀이자 왕족으로서의 자신의 사회적 지위를 고려했을 때 그를 받아들여서는 안 된다는 두 마음이 공존했을 테고, 후자가 이길 수밖에 없었을 것이다. 그리고 이전까지 끼라띠는 놉펀을 "덱디(착한 아이)"라고 말했는데, 미타케에서부터는 "콘디(좋은 사람)"이라고 부르기 시작한다. 끼라띠에게 놉펀이 어리기만 한 대학생이 아니라 남자로 인식되기 시작했음을 알 수 있는 지점이다.

한편 놉펀은 미타케에서 끼라띠에게 고백한 것이 사랑의 승리이자 끼라띠의 마음을 얻은 것이라고 생각하다가 자신의 사랑 고백에 끼라띠가 응답하지 않았음을 떠올린다.

이별의 고통: 시간이 약이다

만남이 있으면 헤어짐이 있는 법. 짜오쿤과 끼라띠가 태국으로 떠나는 날 아침, 놉펀과 끼라띠는 오사카의 호텔 방에서 작별 인사를 나눈다. 자신을 사랑하느냐는 놉펀의 물음에 끼라띠는 대답하는 대신 놉펀이 자신의 진정한 친구라 말하며 자기 목에 두르고 있던 스카프를 벗어서 놉펀에게 건네준다. 하지만 이후 놉펀이 그녀를 그리워할 때조차 그 스카프에 대해 전혀 언급하지 않는데, 이는 놉펀의 마음을 암시하는 것이다. 또한 고베항에서 이별한 후 놉펀은 곧장 그녀가 지냈던 도쿄의 집을 찾아가 그녀를 추억하는데, 그때 그 집이 그녀의 묘지 같다고 표현한다. 그녀와의 이별로 놉펜의 마음이 부서진다고 했지만, 이별과 동시에 끼라띠는 놉펜에게 이미 죽은 사람이나 다름없음을 보여 준다. 끼라띠와의 가슴 아픈 이별 후 놉펜은 편지에 자신의 감정을 절절하게 표현한다. 끼라띠는 답장을 통해 자신을 사랑하는 그에게 연민을 느끼며 유학생의 본분을 다하라고 답한다. 또 남편이 있는 자신은 사회 통념상 그의 사랑을 받아들일 수 없고, 두 사람의 관계 역시 불가능함을 말한다. 그러면서도 놉펜이 자신을 그리워해 주길 바란다. 그녀로서는 자신의 마음을 그렇게밖에 전달할 수 없었을 것이다.

끊임없이 자신의 사랑에 대해 그녀로부터 사랑을 확인받고자 하는 놉펜에게 끼라띠는 결코 '사랑'을 말하지 않는다. 끼라띠에 대한 놉펜의 열렬한 감정은 시간이 갈수록 누그러지고 마침내 사라진다. 2년의 시간이 흘렀을 때 사랑의 감정은 우정으로 변한다. 놉펜은 끼라띠를 친한 친구 중 한 명으로 여긴다.

재회: 엇갈린 감정

놉펜은 졸업 후 현지에서 업무 경험을 쌓은 뒤 유학을 떠난 지 8년 만에, 끼라띠와 만났을 때로부터는 6년이 지난 후 귀국한다. 놉펜이 귀국하는 날 그의 가족과 약혼녀가 부두에 나와 그를 환영한다. 끼라띠도 그들이 처음 만난 날에 입었던 옷을 입고 그를 마중 나온다. 놉편과 끼라띠는 방콕항에서 반갑게 재회한다. 스물두 살의 청년 놉편은 스물여덟 살의 사내가 되었다. 당시 놉편은 끼라띠의 복장에 아무런 의미를 두지 않았지만 그녀는 둘의 관계를 다시 시작하고 싶어 했던 것으로 보인다. 그녀의 남편은 죽었고, 이제 그녀는 자유롭게 사랑할 수 있는 몸이 되었기 때문이다.

얼마 후 놉편은 부모님이 정해 준 약혼녀와 결혼한다. 놉편이 끼라띠에게 결혼 소식을 알렸을 때 끼라띠는 충격을 받고 놉편을 힐난하는 듯한 태도를 보인다. 왜 약혼녀가 있었다는 걸 이야기하지 않았냐며, 약혼녀를 사랑해서 결혼하는 것인지 물어본다. 이에 놉편은 자신이 사랑을 해 봤는데 처음에는 행복하지만 나중에는 고통스럽다고 답한다. 사랑과 결혼에 대한 끼라띠와 놉편의 대화는 일본에서 나눴던 대화의 입장과는 정반대가 된다. 당시 놉편은 끼라띠에게 왜 사랑하지도 않는 늙은이와 결혼했냐고 물었다. 하지만 이번에는 끼라띠가 젊은이들은 다 사랑해서 결혼하는 것이 아니었냐고 반문한다. 결국 끼라띠와 놉편은 사랑과는 관계없이 모두 자신의 위치에서 스스로 결혼을 선택했다.

놉편은 끼라띠를 향한 자신의 감정이 친구 이상은 아니라며 그녀가 누나 같다고 계속 강조한다. 놉편은 끼라띠가 부탁한 대로 열심히 공부하고 자신의 미래를 위해 경험을 쌓고 노력했다. 놉편은 자신이 그녀의 충고를 충실히 따랐다고 항변할 수 있을 것이다.

끼라띠의 죽음: 사랑의 고백

끼라띠는 놉펀의 결혼 소식에 충격을 받아 병세가 악화되고, 치료에 의지가 없어지고 삶의 의미마저 사라져 결국 죽는다. 끼라띠가 위중하다는 소식에 놉펀은 그녀를 만나러 갔고, 그녀는 놉펀에게 결혼 선물로 그림을 건넨다. 바로 '개울가'라는 제목으로 두 사람만의 추억이 담긴 미타케를 그린 그림이다. 놉펀이 그 그림을 보고 자신의 사랑이 탄생한 곳이라고 하자 끼라띠는 "우리의 사랑이야"(171쪽)라고 고쳐 말하면서 자신의 사랑을 고백한다. 얼마 후 그녀의 죽음과 함께 이 소설의 마지막 페이지를 차지하고 있는 명문장이 탄생한다. '나는 나를 사랑하는 사람 없이 죽는다. 하지만 나는 내가 사랑하는 사람이 있어 족하다.'(172쪽) 이를 통해 드러나는 이 소설의 가장 중요한 주제는 '사랑이 아무리 고통스럽다고 해도 사랑하는 것이 낫다'는 것이다. 끼라띠와 놉펀의 사랑이 이루어지지 못하고 끼라띠의 죽음으로 끝나 버린 것은 왜일까? 끼라띠가 전달하고자 애썼던 그녀의 마음을 이해하기에 놉펀은 너무 어렸던 것일까? 아니면 끼라띠가 너무나 심오하고 어렵게 자신의 마음을 전달하려고 했기 때문일까? 어쨌든 두 사람은 동시에 사랑의 감정을 교류하지 못했고, 엇갈린 사랑을 고백함으로써 어긋날 수밖에 없었다.

엇갈린 사랑

『그림의 이면』은 서로 다른 연령대인 남녀의 사랑을 그리고 있다. 끼라띠가 신혼여행을 겸한 일본 여행에서 안내자 역할을 해 준 놉펀을 만나 둘 간의 친밀감이 형성되고, 두 사람의 감정이 변화한다. 놉펀은 끼라띠에 대한 사랑을 거침없이 표현하면서 자신의 사랑에 대한 응답을 무척이나 갈망한다. 끼라띠는 마음속으로는 놉펀을 사랑했지만 나이도 더 많고 무엇보다도 이미 남편이 있었기 때문에 윤리와 규범에 어긋나는 행위를 할 수 없었고 자유롭게 감정을 표현할 수 없었다. 따라서 자신의 감정을 숨기고 참아야 했고, 말과 행동을 통해 간접적으로 전달할 수밖에 없었다.

놉펀은 열렬한 사랑의 감정 때문에 고통스러워한다. 자신이 아무리 끼라띠에게 사랑한다고 말해도 그녀는 그 사랑을 거부하지도 않고, 사랑한다고도 대답해 주지 않기 때문이다. 놉펀이 일방적으로 사랑의 감정을 끊임없이 말하는 쪽이고, 끼라띠는 현실과 가능성만 이야기한다. 독자들 또한 마지막에 끼라띠가 놉펀에게 그림을 선물하면서 나누는 대화를 읽지 않았다면 —이 지점에서 우리는 비로소 그녀 역시 놉펀이 그녀를 사랑한 것과 동시에 놉펀을 사랑하기 시작했다는 사실을 알 수 있다 — 끼라띠가 놉펀을 어떤 식으로 생각하는지 알 수 없다.

놉펀과 끼라띠의 사랑의 타이밍은 완전히 어긋난 양상을

보인다. 놉편이 끼라띠에 대한 사랑을 절절하게 표현하고 사랑 때문에 고통스러워할 때 끼라띠는 남편이 있었기 때문에 자신의 마음이 원하는 대로 할 수 없었다. 세월이 흘러 놉편이 감정을 추스르고 더 이상 그녀를 사랑하지 않게 되었을 때 남편의 죽음으로 결혼에서 자유로워진 끼라띠는 놉편과의 사랑을 꿈꾸게 된다. 끼라띠는 놉편을 첫사랑이자 그녀의 유일한 사랑으로 여기고 마음속에서 사랑을 키워 간다. 놉편이 일본에서 돌아왔을 때 끼라띠의 마음속에서 간직해야만 했던 사랑은 예전의 놉편과 마찬가지일 거라는 희망으로 한층 커진다. 하지만 그때 놉편은 끼라띠에게 존경심만 남아 있었다. 반면 끼라띠는 놉편을 더 사랑하게 됐고, 놉편이 약혼녀와 결혼한다는 소식을 들었을 때 그녀의 병세는 악화되어 결국 죽음에 이른다.

나이 차이와 사회적 신분의 차이 때문에 끼라띠는 자신의 감정을 완곡하게 표현할 수밖에 없었고, 이로 인해 두 사람 간 감정의 시간이 엇갈렸다. 놉편이 사랑을 고백하고 표현했을 때 그녀는 유부녀였다. 놉편이 평정심을 찾고 학업에 집중하게 되었을 때 끼라띠는 남편과 사별하고 혼자가 된다. 하지만 놉편에게 끼라띠는 이미 사랑하는 여인이 아닌 친근한 누이이자 친구다. 그리고 놉편은 결혼을 하고 유부남이 된다.

놉편은 유부녀인 상류층 여성에게 사랑을 말할 정도로 감정을 직설적으로 표현하고 용감해 보이지만, 사실 그는 약혼녀가 있다는 사실을 숨겼다. 그러면서 그녀가 묻지 않았으니 말하지 않았다며 자기 합리화하는 면모를 보인다. 끼라띠 역시 마음으로 바람을 피웠다고 할 수 있다. 자신의 역할과 위치를 잘 인지하고 겉으로 표현하지 않았을 뿐이었고 연장자로서 마음을 다잡고 놉펀에게 주의를 촉구했다. 그들이 표면적으로 당시 가치관에 위배되는 행위를 한 것은 단 한 번, 미타케에서 키스를 한 것이다.

끼라띠에 대한 놉펀의 감정은 맨 처음에는 경외의 대상으로 보며 충성심을 가지다가 관계가 친밀해지면서 친한 친구가 되었다가 사랑하는 여성이 된다. 또한 놉펀의 고백에서 눈여겨볼 만한 점은 그녀의 옷차림에 대한 묘사가 매우 세밀하다는 점이다. 놉펀이 그녀의 내면의 소리에 귀 기울이고 해석하기보다는 겉으로 드러난 것을 더 잘 기억하고 받아들였다는 방증이 아닐까? 즉 아름다운 외모에 어른스럽게 자신의 생각과 의견을 말하는 멋진 여성 끼라띠에게 빠져들었던 것이다. 결론적으로 두 사람은 자기 말만 했고 자신의 감정만이 소중했다. 상대의 말과 마음을 이해하려 들지 않았다. 그래서 그들의 사랑은 엇갈릴 수밖에 없었다.

그림: 결코 이루어질 수 없는 사랑의 추억

『그림의 이면』은 불멸의 문장으로 남은 끼라띠의 쪽지로 끝난다. 하지만 이 이야기의 진짜 끝은 그녀의 죽음과 쪽지 속

글이 아니라 끼라띠가 놉펀에게 선물한 그림에 대해 이야기
하는 소설의 첫 장면이다.

끼라띠는 어떤 마음으로 놉펀에게 그림을 선물했을까? 놉
펀에게 평생 마음의 짐을 지우고자 하는 복수심이었을까? 끼
라띠의 마음을 우리는 알 수 없다. 왜냐하면 그녀는 죽었고 우
리는 놉펀의 고백에 의존하고 있기 때문이다. 끼라띠는 놉펀
에게 그림을 선물하면서 "그 그림에는 인생과 마음이 담겨 있
어"(171쪽)라고 말한다. 놉펀이 자신의 사랑을 구구절절 표현
했을 때, 끼라띠는 남편이 있었고 윤리적으로나 규범적으로
당연히 그의 사랑 고백을 받아들일 수 없었다. 받아들이는 것
이 이상했다. 하지만 그녀는 단호하게 관계를 끊어 내는 대신
그와의 관계를 즐기는 듯 그에게 계속 여지를 주는 모습을 보
였다. 끼라띠는 외부 세계를 잘 모른 채 아주 좁은 세상에서
자란 사람의 특성을 보이는데, 그것은 자신이 읽었던 로맨스
소설 같은 삶을 꿈꾸면서 운명적인 사랑을 기다리는 것이었
다. 늙은 남편과 달리 젊음으로 활기찬 놉펀이 거침없이 자신
을 사랑한다고 했을 때 그녀는 그 상황을 인지하고 그에게 현
실을 주지시키는 것에 자랑스러워했을 테고, 청년의 사랑 고
백에 흥분하지 않는다. 남편이 죽고 자유의 몸이 되었을 때 그
녀는 은밀히 꿈꿔 온 사랑에 대한 희망을 품는다. 5년 동안 혼
자서 사랑의 희망을 키웠지만 놉펀의 결혼과 함께 그 꿈과 희
망은 산산이 부서진다. 자신과 남편의 나이 차이는 열다섯 살
이고 남편과의 나이 차가 사랑의 장벽이요, 늙은 남자와 젊은

여자 사이의 사랑은 있을 수 없다던 그녀는 자신보다 열세 살이나 어린 젊은 놉편과의 사랑을 꿈꾸고 그 꿈과 희망이 사라졌을 때 죽는다. 미타케는 끼라띠에게 꿈을 만들어 준 곳이다. 그녀가 놉편에게 준 미타케의 추억을 묘사한 그림은 당시에는 말할 수 없었지만 이제는 말할 수 있는 그의 사랑에 대한 그녀의 대답이다.

그렇다면 놉편은 어떤 마음으로 그 그림을 자신의 서재에 걸어 두었을까? 그림을 보고 그녀를 너무 사랑했음을 깨달아서는 아니었으리라. 그는 자신의 사랑이 이미 오래전에 식었음을 강조한다. 아니면 끼라띠에게 속죄하는 기분으로 용서해 주길 바라서였을까? 비록 마음이 편하지는 않았지만 그는 자신이 끼라띠를 사랑한 것이 잘못이라고 여기지 않는다. 자신의 사랑을 표현하는 것에는 거리낌이 없었지만 동시에 그녀와 이루어질 수 없는 사이라는 것도 분명히 알았다. 그는 끼라띠에게 사랑한다고 말했지만 남편과 헤어지고 자신과 사귀자고도 말하지 않았다. 그는 자신이 그녀를 사랑하니까 그녀도 자신을 사랑하는지만 끊임없이 확인하고자 했다. 끼라띠가 함축적으로 그녀의 사랑을 표현했지만 놉편은 끼라띠의 말을 문자 그대로 해석할 뿐이었다. 그는 '사랑한다'고 직접적으로 듣지 못했으므로 끝까지 끼라띠가 자신을 사랑했음을 알지 못했다. 자신이 사랑받지 못한다고 생각했을 때, 자신의 사랑이 인정받지 못했으므로 고통스러웠고, 뜨거웠던 청춘의 사랑은 식어 버린다.

놉편의 사랑은 그가 말한 대로 이미 소멸했다. 죽어 가는 끼라띠를 방문한 것 역시 자발적인 의사 때문이 아니라 그녀의 이모가 직접 와서 부탁했기 때문이다. 그는 약혼녀의 존재도 숨겼고 사랑하지 않는 사람과 결혼했다고 끼라띠에게 질책조로 말했지만, 놉편 또한 사랑하지 않는 사람과 결혼한 건 끼라띠와 다를 바가 없다. 놉편은 그 그림을 보면서 자신도 한때 열렬히 사랑한 적이 있고 뜨거운 심장을 가졌었다고 회상하지 않을까? 사랑했던 과거는 떠나가 버렸고, 남은 것은 한때 그의 심장을 들끓게 했던 사랑의 열기를 추억하는 그림뿐이다.

　두 사람의 사랑은 처음부터 끝까지 이루어질 수 없는 것이었다. 그 사랑을 서로가 확인하는 순간 그 관계는 불륜이 되기 때문이다. 따라서 금지된 사랑의 형태가 될 수밖에 없고, 아름다운 로맨스로 남으려면 결코 이루어져서는 안 된다. 그래서 이들의 사랑은 엇갈려야만 하고 이루어질 수 없는 것이다. 놉편은 젊은 날 누군가를 사랑했고, 그 사랑이 이루어지지 않음으로 인해 고통스러웠던 추억이 생겨났다. 끼라띠는 결혼 전 꿈꾸었던 사랑을 남편이 아닌 젊은 놉편의 열렬한 사랑 고백을 통해 맛보았다. 그래서 이루지는 못했지만 '사랑'의 감정을 알게 되었고, "나는 나를 사랑하는 사람 없이 죽는다. 하지만 나는 내가 사랑하는 사람이 있어 족하다"라는 불멸의 문장이 탄생할 수 있었다. 따라서 그림은 결코 동시에 사랑할 수 없었던 두 사람 각자의 사랑과 추억을 반추하게 해 주는 증표다.

시대를 불문하고 사랑 이야기는 독자의 심금을 울린다. 특히 이루어지지 않은 사랑이라면 더욱더 감정의 파급력이 크다. 누구나 가슴 한편에 간직하고 있을 법한 뜨거웠던 감정, 말할 수 없는 비밀 같은 감정이 소설 『그림의 이면』을 오늘날까지도 공감하고 읽게 만드는 힘일지 모른다.

판본 소개

『그림의 이면(캉랑팝, ข้างหลังภาพ)』은 일간지 『쁘라차찻』에 1936년 12월 8일부터 1937년 1월 26일까지 총 12장을 연재했는데, 끼라띠와 놉펀이 도쿄 역에서 처음 만나는 것부터 고베항에서 이별하는 것까지의 내용을 담고 있다. 이는 '제1편 또는 해외편'에 해당하며 캉랑팝 판본 관련 모든 자료에서 이것을 1차 인쇄본으로 간주하고, 이후 판본을 '~차 인쇄'로 정리하고 있다.

이후 1938년에 13장에서 19장까지 총 7장의 '제2편 또는 국내편'을 완성한 후 한 권으로 엮어 꿀랍 싸이쁘라딧 소유의 출판사인 '나이텝쁘리차'에서 직접 발간한 것이 2차 인쇄본이다. 3차 인쇄본은 1943년 우돔 찻붓의 출판사 '우돔'에서 발행했는데, 이 판본은 피분 쏭크람 수상 시절 태국어 철자법(맞춤법)으로 편집되었다. 4차 인쇄본은 1950년 꿀랍 싸이쁘라딧의 '쑤팝부룻' 출판사에서 발행되었다. 1960년과 1965년의 5차, 6차 인쇄본에 대한 발행 정보는 찾을 수 없고, 1967년에 '파둥쓱싸' 출판사에서 7차 인쇄본이 발행되었다. 1975년 8차 인쇄본의 발행 정보 역시 찾을 수 없고, 9차 인쇄본은 1979년 '반나낏' 출판사에서, 10차 인쇄본은 1983년에 '씬라빠반나칸' 출판사에서 발행되었다. 1986년에 '덕야' 출판사에서 새롭게 출판한 것이 11차 인쇄본에 해당한다. 1943년 '우돔' 출판사 판본을 저본으로 하여 추가로 2쇄를 발행했다(12차, 13차). 그러고 나서 '나이텝쁘리차'사의 판본을 저본으로 사용하여 새롭게 출판하였고, 1988년에 4쇄(14차), 같은 해 말에 5쇄(15차)를 찍었다.

　현재까지 소설 『그림의 이면』의 판권은 '덕야' 출판사가 독점하고 있다. 본 번역본은 2008년에 발행된 '덕야' 출판사의 44차 인쇄본을 판본으로 사용하였다.

씨부라파 연보

1905 3월 31일 방콕에서 철도청 1급 서기 쑤완 싸이쁘라딧과 쏨분 싸이 쁘라딧 사이에 1녀 1남 중 장남으로 태어남. 3살 위의 누나 짬랏이 있음

1909 롱리안왓후아람퐁 (초등학교) 입학

1911 아버지 돌아가심

1916~1925 초등학교 4학년 졸업 후 앗싸당데차웃 왕자의 소년군사학교 에서 2년간 수학 이후 롱리안마타욤왓텝씨린 (중고등학교) 2학년 으로 전학하여 졸업

1922 6학년에 동급생들과 '다라러이'라는 필명으로 학급 신문 「씨텝」 발행

1923 7학년에 학급 신문 「텝캄론」 발행 (후에 「씨랏따캄」으로 개칭함) 「톳싸완반틍」 신문에 '선언(타랭깐, **แถลงการณ์**)'이라는 제목의 사 설을 발표하면서 '씨부라파'라는 필명을 최초로 사용함 「찬쌉못」과 「팝파욘싸얌」 신문에 시 작품들을 기고함

1924 8학년에 야간학교인 '롱리안루암깐썬'에서 야간에 영어 교사로 일 하기 시작함

땡모 짠타윕의 출판번역 사무소인 '쌈낙루암깐쁠래' 소속 작가가 됨

'씨부라파'라는 필명으로 최초의 소설 『형님이 오셨습니다(쿤피마

래우, **คุณพี่มาแล้ว**)』 발표 및 판매

본명 꿀랍 싸이쁘라딧을 처음으로 사용하여 학교 신문 「타랭깐쓱싸 텝씨린」에 '나룻배를 저어야 한다(떵째우르아짱, **ต้องแจวเรือจ้าง**)' 라는 제목의 6언시 발표

1925 졸업 후 순간지 『싼싸하이』의 편집장으로 일함. 7권 발행
10월에 육군훈련국에서 발행하는 월간지 『쎄나티깐래패위타야』의 부편집장으로 자리를 옮김

1926 격주간지 『싸만밋반퉁』, 『쑤안악썬』, 『싸라까쎔』, 『다룬까쎔』, 주간 지 『쁘라못나컨』, 월간지 『차름차우』 등 여러 신문에 작품을 기고함
동기인 차위앙 쎄와따탓이 만드는 신문 「퉁차이」의 발행을 도움

1927 육군훈련국 사직 후 「쎄나쓱싸」 신문의 편집부 총무가 됨
친구들과 '나이텝쁘리차' 출판사를 설립, 첫 책으로 『결혼 생활(치 윗쏨롯, **ชีวิตสมรส**)』을 출간

1928 단편 소설 「불놀이(렌깝화이, **เล่นกับไฟ**)」를 『쎄나쓱싸』에 발표
'씨부라파'의 명성을 만들어 낸 소설로 간주되는 「사내대장부(룩푸 차이, **ลูกผู้ชาย**)」 발표

1929 「쎄나쓱싸」 신문사 사직
평민 출신의 청년 작가 동인인 '카나쑤팝부룻(신사단)'을 결성하고 격주간지 『쑤팝부룻』 창간(6월 1일 창간호 발행) 및 편집장. 원고 료를 지불한 최초의 신문

1930 일간지 『방꺽깐므앙』의 편집장으로 부임하여 본격적으로 신문인 이 됨. 3개월 만에 사직
『쑤팝부룻』이 11월 30일 37권을 마지막 호로 2년 만에 폐간
카나쑤팝부룻이 일간지 『타이마이』 창간, 꿀랍 싸이딧이 편집장을 맡음
소설 『뜨거운 사랑, 뜨거운 분노(쌘락쌘캔, **แสนรักแสนแค้น**)』 발표

1931 『타이마이』 12월 8일 자에 '인간성(마누싸야팝, **มนุษยภาพ**)'이라는 사회비판 사설을 발표하여 진보적인 사상을 표현. 이로 인해 카나

쑤팝부룻이 『타이마이』에서 사퇴

1932 「씨끄룽신문」 1월 10일, 16일, 21일 자에 「인간성(마누싸야팝)」을
다시 실어 8일간 폐쇄 명령을 받음
동인 '카나쑤팝부룻'이 주간지 『푸남』 창간, 4월 30일에 창간호 발간
6월 1일 장편 소설 『삶의 전쟁(쏭크람치윗, **สงครามชีวิต**)』 발표
6월 24일 입헌혁명 발생 후 멈짜오 완와이타야껀이 창간한 일간지
『쁘라차찻』의 편집장, 10월 1일 창간호 발행

1934 벤짜마버핏 사원에서 3개월간 승려 생활
소설 『죄와 마주하다(파쫀밥, **ผจญบาป**)』 발표

1935 8월 19일 차닛 빠린차야꾼(1913~2010)과 결혼
슬하에 1녀 1남(딸 쑤라핀, 아들 쑤라판 싸이쁘라딧)을 둠

1936 「아사히 신문」 초청으로 일본 방문하여 6개월간 체류
소설 『삶이 원하는 것(씽티치윗떵깐, **สิ่งที่ชีวิตต้องการ**)』 발표

1937 장편 소설 『그림의 이면(캉랑팝, **ข้างหลังภาพ**)』을 『쁘라차찻』에
연재
장편 소설 『삶의 정글(빠나이치윗, **ป่าในชีวิต**)』을 일간지 『싸얌니
껀』에 연재

1939 『쑤팝부룻』 편집장, 이후 『쁘라차밋』과 합병하여 『쁘라차밋-쑤팝
부룻』이 됨

1941 『쑤팝부룻』에 '1932년 혁명의 배후(브앙랑깐빠띠왓 2475,
เบื้องหลังการปฏิวัติ ๒๔๗๕)'라는 제목으로 5월 4일부터 6월 11일까
지 총 16편의 글을 발표
태국신문협회 창설위원장에 선출
태국신문협회 초대 사무총장

1942 일본과의 공수동맹 체결에 반대하는 칼럼을 써서 내란죄로 구속,
3개월간 수감됨

1943 탐마대학교 법과대학에 합격

1944 제3대 태국신문협회장으로 선출됨(4대까지 연임)

1946 호주에 유학하여 멜버른대학교에서 2년간 수학

1949 귀국 후 '씨부라파'와 '줄리엣'(씨부라파가 지어 준 아내의 필명)의 책을 출간하여 판매하기 위해 출판사 '쑤팝부룻' 설립

1950 소설『우리 다시 만날 때까지(쫀콰라오짜폽깐익, จนกว่าเราจะพบกันอีก)』를 쑤팝부룻 출판사의 첫 책으로 출간

단편 소설「응답(캄칸랍, คำขานรับ)」을『데일리메일완짠』에 발표

1951 태국평화위원회 창단 및 부의장 역임

호주에서의 경험을 기록한 책『내가 보고 온 것(카파짜오다이헨마, ข้าพเจ้าได้เห็นมา)』발표

1952 쑤안목에 가서 풋타탓픽쿠 승려와 불교 공부

안톤 체호프의 단편 소설「망명 중(In Exile)」을 '그는 의적이 되어야만 했다(카오툭방캅하이삔쫀, เขาถูกบังคับให้เป็นโจร)'라는 제목으로 번역 및 편집하여 출간

태국평화위원회 부의장이 되어 한국전쟁에 반대하고 평화를 촉구함

반란죄[일명 까봇싼띠팝(평화 반란)]로 구속되어 징역 13년 4개월을 선고받고 방콕 감옥에 수감됨

1953 단편 소설「좀 도와 주십시오(커랭너이터, ขอแรงหน่อยเถอะ)」발표

1955 장편 소설『미래를 전망하며: 유년기 편(래빠이캉나 팍빠톰와이, แลไปข้างหน้า ภาคปฐมวัย)』발표

'우바쏙'이라는 필명으로 불교 관련 글을「위빳싸나싼」신문에 발표

1957 2월에 불기 2500년 기념으로 사면됨

11월에 러시아혁명 40주년 축하 행사에 초청받아 소련 방문

책『이상과 불교이야기 13편(우돔탐깝쾀이앙르앙풋타싸싸나 13봇, อุดมธรรมกับความเรียงเรื่องพุทธศาสนา ๑๓ บท)』출간

「미래를 전망하며: 청장년기 편(래빠이캉나 팍맛침와이, แลไปข้างหน้า ภาคมัชฌิมวัย)」을『삐야밋』에 연재

1958	6월에 막심 고리키의 장편 소설 『어머니』를 번역하여 '부싸바반' 출판사에서 출간

1958 6월에 막심 고리키의 장편 소설 『어머니』를 번역하여 '부싸바반' 출
판사에서 출간

『소련에 가다(빠이싸하팝쏘위엣, **ไปสหภาพโซเวียต**)』를 '쑤팝부룻'
출판사의 마지막 책으로 발간

8월에 중국의 초청으로 '문화교류진흥단'을 이끌고 중화인민공화
국 방문

10월 20일에 태국에서 싸릿 타나랏에 의한 쿠데타가 발생하여 중
국 체류 중에 망명함

소련 타슈켄트에서 열린 아시아 · 아프리카 작가 회의에 참가

1960 베이징 사회과학세미나 참가단장

1965 미국의 침공에 저항하는 베트남 국민을 지지하기 위한 하노이 국제
회의 참가단장

1966 베이징 아시아 · 아프리카 작가 회의 참가단장

1974 6월 16일 베이징에서 폐렴과 관상동맥질환으로 사망
부인 차닛 여사와 아들의 태국 귀국이 허가됨

1975 책 『미래를 전망하며: 청장년기 편(래빠이캉나 팍맛침와이,
แลไปข้างหน้า ภาคมัชฌิมวัย)』출간

1985 『그림의 이면』이 영화로 제작됨

1988 씨부라파 재단 설립 및 씨부라파 상 제정

1994 유골 본국 송환 및 텝씨린사원 묘지에 안장

1998 방콕시에서 방까삐구에 '씨부라파 도로' 지정 (명명)

2000 쁘리디 파놈용 탄생 100주년을 맞아 100년 태국 민주주의에 대한
공로로 쁘리디 파놈용 상 수상

2001 『그림의 이면』이 두 번째로 영화화됨

2002 『그림의 이면』 36쇄 발행

2003 10월 17일 유네스코에서 2004-2005년 세계기념인물 43명에 라
마 4세와 함께 선정됨

2005 3월 31일 탄생 100주년

새롭게 을유세계문학전집을 펴내며

을유문화사는 이미 지난 1959년부터 국내 최초로 세계문학전집을 출간한 바 있습니다. 이번에 을유세계문학전집을 완전히 새롭게 마련하게 된 것은 우리가 직면한 문화적 상황에 적극적으로 대응하기 위해서입니다. 새로운 을유세계문학전집은 세계문학의 역할이 그 어느 때보다 중요해졌다는 인식에서 출발했습니다. 오늘날 세계에서 타자에 대한 이해는 우리의 안전과 행복에 직결되고 있습니다. 세계문학은 지구상의 다양한 문화들이 평등하게 소통하고, 이질적인 구성원들이 평화롭게 공존할 수 있는 문화적인 힘을 길러 줍니다.

을유세계문학전집은 세계문학을 통해 우리가 이런 힘을 길러 나가야 한다는 믿음으로 만들어졌습니다. 지난 5년간 이를 준비하기 위해 많은 노력을 기울였습니다. 세계 각국의 다양한 삶의 방식과 문화적 성취가 살아 있는 작품들, 새로운 번역이 필요한 고전들과 새롭게 소개해야 할 우리 시대의 작품들을 선정했습니다. 우리나라 최고의 역자들이 이들 작품 속 한 문장 한 문장의 숨결을 생생히 전하기 위해 심혈을 기울였습니다. 또한 역자들은 단순히 번역만 한 것이 아니라 다른 작품의 번역을 꼼꼼히 검토해 주었습니다. 을유세계문학전집은 번역된 작품 하나하나가 정본(定本)으로 인정받고 대우받을 수 있도록 최선을 다했습니다. 세계문학이 여러 경계를 넘어 우리 사회 안에서 주어진 소임을 하게 되기를 바라며 을유세계문학전집을 내놓습니다.

을유세계문학전집 편집위원단(가나다 순)
김월회(서울대 중문과 교수)
김헌(서울대 인문학연구원 교수)
박종소(서울대 노문과 교수)
손영주(서울대 영문과 교수)
신정환(한국외대 스페인어통번역학과 교수)
정지용(성균관대 프랑스어문학과 교수)
최윤영(서울대 독문과 교수)

을유세계문학전집

을유세계문학전집은 계속 출간됩니다.

을유세계문학전집 연표